Biblioteca Martins Fontes

A escola dos maridos
O marido da fidalga

Molière *1622 †1673

A ESCOLA DOS MARIDOS
O MARIDO DA FIDALGA

Molière

Prefácio
Guilherme de Almeida

Tradução
Jenny Klabin Segall

Martins Fontes
São Paulo 2005

Títulos dos originais franceses:
L'ÉCOLE DES MARIS e GEORGE DANDIN OU LE MARI CONFONDU.
Copyright © 2005, Livraria Martins Fontes Editora Ltda.,
São Paulo, para a presente edição.

1ª edição
Athena Editora (1937)
2ª edição
Irmãos Pongetti Editores (1947)
3ª edição
fevereiro de 2005

As duas peças foram publicadas separadamente em 1965 por Edições de Ouro.

Tradução
JENNY KLABIN SEGALL

Acompanhamento editorial
Luzia Aparecida dos Santos
Revisões gráficas
Luzia Aparecida dos Santos
Maria Regina Ribeiro Machado
Dinarte Zorzanelli da Silva
Produção gráfica
Geraldo Alves
Paginação
Moacir Katsumi Matsusaki

Dados Internacionais de Catalogação na Publicação (CIP)
(Câmara Brasileira do Livro, SP, Brasil)

Molière, 1622-1673.
 A escola dos maridos ; O marido da fidalga / Molière ; prefácio Guilherme de Almeida ; tradução Jenny Klabin Segall. – 3ª ed. – São Paulo : Martins Fontes, 2005. – (Biblioteca Martins Fontes)

 Títulos originais: L'école des maris ; George Dandin, ou, Le mari confondu
 ISBN 85-336-2104-3

 1. Teatro francês (Comédia) I. Almeida, Guilherme de. II. Título. III. Título: O marido da fidalga. IV. Série.

05-1074 CDD-842

Índices para catálogo sistemático:
1. Teatro : Literatura francesa 842

Todos os direitos desta edição para a língua portuguesa reservados à
Livraria Martins Fontes Editora Ltda.
Rua Conselheiro Ramalho, 330 01325-000 São Paulo SP Brasil
Tel. (11) 3241.3677 Fax (11) 3101.1042
e-mail: info@martinsfontes.com.br http://www.martinsfontes.com.br

ÍNDICE

Prefácio à 1.ª edição   IX
Nota à presente edição   XI

A escola dos maridos   1
O marido da fidalga   95

PREFÁCIO À 1ª. EDIÇÃO

Não sei voltar a mim do envolvente encanto e da surpresa suave que me proporcionou a leitura — ainda nos originais — destas traduções, por Jenny Klabin Segall, de dois grandes momentos da obra de Molière.

Por mais que eu esperasse dessa senhora de tão fina cultura — esposa de Lasar Segall, um dos mais incisivos mestres da pintura moderna; vivendo, pois, num ambiente que é todo arte; respirando, portanto, uma atmosfera que é toda espírito; conseguindo, assim, tão superiormente resolver o problema dificílimo que Daudet enunciou no seu "Femmes d'Artistes" —; por mais que eu esperasse dessa dona de tantos privilégios, nunca poderia imaginar ser possível, por quem quer que fosse, nem mesmo por ela, recriar Molière em português.

A prática de verter poesias — a que ultimamente tenho dado — autoriza-me, de certo modo, a bem poder avaliar o infinito de boa vontade e de iluminada paciência que à exímia tradutora foi preciso para chegar, como chegou, entre as mais entusiásticas palmas, ao *rideau* final dessas duas peças.

Jenny Klabin Segall não se limitou a "traduzir", isto é, a trasladar de uma língua para outra, ou, simplesmente, a interpretar Molière em português. Fez mais, muito mais: "reproduziu", quer dizer, "produziu de novo", sentindo, pensando e dizendo como, onde, por que e quando Molière sentiu, pensou e disse. O precioso sabor original mantém-se intato na versão: intato no fundo e na forma. No fundo: pela identidade do espírito, das mínimas intenções, dos mais sutis propósitos. Na forma: pelo condimento estimulante da linguagem, leve e deliciosamente arcaizada, e pela técnica do verso, conservado, quanto possível, igual no seu corte, ritmo e rima (esta, às vezes, observada rigorosamente, até mesmo nos seus gêneros *masculine*, ou aguda, e *féminine*, ou grave, alternadas). Neste particular, "A Escola dos Maridos" é uma desnorteante surpresa.

Em "João Dandim", ou "O marido da fidalga", o virtuosismo de Jenny Klabin Segall chega ao capricho máximo de transformar em alexandrino clássico, ao puro gosto francês, a pitoresca prosa do original...

* * *

Molière que renasce entre nós...

Beijo, com admiração e respeito, a mão sábia e mágica que operou tão paciente, lindo e inesperado milagre.

S. Paulo, setembro, 6, 1937.

GUILHERME DE ALMEIDA

NOTA À PRESENTE EDIÇÃO

O objetivo desta edição foi republicar as famosas traduções de Jenny Klabin Segall de obras do Teatro Clássico francês. As primeiras datam dos anos 30 e tiveram mais de uma edição.

Trata-se de uma obra única. Guilherme de Almeida afirma no prefácio à primeira edição que Jenny Klabin não se limitou a "traduzir", fazendo muito mais: "'reproduziu', quer dizer 'produziu de novo', sentindo, pensando e dizendo como, onde, por que e quando Molière sentiu, pensou e disse". Em vista disso, obrigamo-nos a reproduzir, sem alterações, o texto original.

As edições utilizadas, fornecidas por Maurício Segall, a quem agradecemos, foram as da Martins Editora. Nosso trabalho de revisão limitou-se à correção de alguns erros claros de composição e à atualização ortográfica. Foram mantidas a pontuação e a seqüência do texto.

Nos casos em que as divisões do texto de Jenny Klabin Segall não coindiciam com as das edições francesas consultadas, mantivemos sempre a ordem proposta pela tradutora.

O Editor

A ESCOLA DOS MARIDOS
COMÉDIA EM TRÊS ATOS

PERSONAGENS

SGANARELLO } Irmãos
ARISTEU

ISABEL } Irmãs
LEONOR

LISETA   *camareira de Leonor*
VALÉRIO   *amante de Isabel*
ERGASTO   *lacaio de Valério*
UM COMISSÁRIO
UM TABELIÃO

A cena passa-se em Paris.

PRIMEIRO ATO

Cena I

S̲ganarello, A̲risteu

S̲ganarello
Meu mano, por favor, deixemos de contenda,
Cada qual é melhor que viva como entenda.
Bem sei que vossa idade é já assaz madura
Pra terdes juízo são; mas digo com candura
Que, não obstante eu ser uns quinze anos — ou vinte! —
Mais jovem do que vós, não sou lá bom ouvinte;
Podeis andar falando o dia inteiro a fio,
Esforço vão! tão-só no juízo meu confio;
Só sigo o meu conceito, é fato positivo.
E traz-me bom proveito o modo por que eu vivo.

A̲risteu
Condenam-no.

S̲ganarello
Imbecis, que a bola têm tão oca
Como vós.

Molière

Aristeu
Agradeço.

Sganarello
Haveis de encher a boca,
Mas sempre quero ouvir — convém saber e tudo —
O que essa gente em mim reprova tão a miúdo.

Aristeu
Um gênio singular, que vos transforma em urso
E vos põe a evitar todo humano intercurso;
Do orgulho e da arrogância a velha insensatez,
Da crítica o rigor, modo tão descortês
Que um anjo — um santo até — convosco embirraria,
E traje que vos faz cair na barbaria.

Sganarello
Bom, já compreendo; então, não me devo atrever
A trajar a meu gosto, e tenho por dever
Rijo, fundamental, sagrado, elementar,
Obedecer a moda em tudo o que ditar.
Meu venerando irmão, — já que, contando estios,
Tão venerando sois como o são nossos tios, —
Quereis pois, em resumo, e em honra a tais asneiras,
Dos jovens cortesãos impingir-me as maneiras,
E que eu adote, enfim, daqueles animais,
Os modos, a aparência, e Deus sabe o que mais?
Devo eu então usar, a moda dessa gente,
Minúsculo chapéu, do qual seu indigente
Cerebrozinho escapa e se evapora ao vento?

E desses imbecis as jóias de espavento
E a cabeleira atroz, de dimensão tão vasta
Que do rosto o semblante humano lhes devasta?
Gibão que mal lhes dá do ombro ao sovaco abrigo,
E gola que lhes cobre até o nobre umbigo?
Mangas que bebem sopa, à mesa, às refeições,
E saias a que dão o nome de calções?
E ornados de montões de fitas os sapatos,
Que o ar penudo lhes dão dos gansos e dos patos,
Além dos tais canhões em que, como entre travas,
Diariamente a gemer põem as pernas escravas?
Estimaríeis ver-me em tão absurdas vestes,
E é digna de louvor a idéia que tivestes;
Mas não vou adotar extravagâncias tais,
Só porque vós, grande asno, em tudo as adotais.

ARISTEU
Convém a gente usar o que usa a maioria,
E a chamar atenção jamais eu me exporia.
No traje e no falar, quem tem senso comum,
É comedido e não aceita excesso algum;
Evita todo extremo e do chapéu a bota,
Com discrição, da moda as variações adota.
Não digo que convenha incorporar-se a roda
Dos que têm por costume exagerar a moda,
E da própria elegância extravagante obsessos,
Irritam-se, se alguém os supera em excessos.
Estranha aberração! Mas a opinião secundo
Que é grande mal fugir a quanto faz o mundo;
E que mais vale ser do número dos doidos,
Que se ver com razão sozinho contra todos.

Sganarello

Divagações de ancião, decrépito, incapaz,
Mas que disfarça a idade e finge de rapaz;
E da lei natural a ver se não se salva,
Sob a peruca negra oculta a fronte calva.

Aristeu

Admira o não variar da vossa diretriz,
O virdes me atirar a idade no nariz,
E que vossa ironia eternamente ultraje
Meu modo de viver, meu discurso e meu traje.
Sim! Como se a velhice — estando condenada
A não ter mais afeto a ninguém e a mais nada —
Só tivesse a cismar, durante o curto espaço
De vida que ainda tem, no próximo traspasso,
E, com tal fealdade em si que não se oculta,
Devesse ainda mostrar-se azeda, rude e inculta.

Sganarello

Pois seja como for, por motivo algum hei
De um dia renunciar ao traje que adotei.
Eu quero um bom chapéu, que, se não for do escol
Da moda, me proteja, ou da chuva, ou do sol;
Um bom gibão que esteja algo com a praxe em briga,
Mas pra bem digerir deixe quente a barriga;
Cabelo todo meu, e em vez de saias frouxas,
Uns cômodos calções que prendam bem as coxas;
Eis o que era o exemplar trajar dos meus avós,
E o mesmo me convém; se não convém a vós
Ou seja a quem mais for, não mudarei de tom;
Podem deixar-me a sós, se não o acharem bom.

Cena II

Leonor, Isabel, Liseta
(*Aristeu, Sganarello, falando baixo um com o outro na frente do palco sem ser percebidos.*)

Leonor
(*a Isabel*)
Mas vamos, minha irmã!

Isabel
Não sei; tenho receio…
Que dirá meu tutor?

Leonor
Ora, um simples passeio!
Hei de te defender, vindo ele reprovar-to.

Liseta
(*a Isabel*)
Continuais sempre a sós, trancada em vosso quarto?

Isabel
O gênio dele é assim.

Leonor
Odeio o bruto, mana.

Liseta
(*a Leonor*)
Do irmão, graças a Deus, senso comum emana,

E foi, senhora, a vós, mais ameno o destino,
Fazendo-vos cair às mãos do que tem tino.

Isabel

Foi da parte dele hoje esquecimento grave,
Não me levar consigo ou me encerrar à chave.

Liseta

O diabo que o carregue!

Sganarello

Eh, lá, eh, devagar!
Meninas, ai, que tal! Permitis indagar
Para onde ides assim?

Leonor

Não o sabemos ainda;
Vim ver a minha irmã, por ser a tarde linda;
E estava me empenhando em ver se a persuadia
De aproveitar comigo o ar dum tão belo dia.

Sganarello

(*a Leonor*)
Por vós, podeis correr, empertigada e tonta,
D'aqui ou d'acolá, não é de minha conta;
(*a Isabel*)
Mas a vós proibi deixar vosso aposento,
Fosse o dia amarelo, azul, negro, ou cinzento.

ARISTEU
Meu mano, que rigor! Isso é até grotesco,
Proibir que a menina ande um pouco ao ar fresco.

SGANARELLO
Paciência, meu irmão.

ARISTEU
Porém a mocidade…

SGANARELLO
A mocidade é tola, e com freqüência a idade
Demonstra o ser também.

ARISTEU
Mas não vejo o menor
Inconveniente em que ela esteja com Leonor!

SGANARELLO
Inconveniente algum, meu excelente amigo,
Mas creio que ela está melhor a sós comigo.

ARISTEU
Mas…

SGANARELLO
Basta de objeções; melhor do que ninguém
Sei o que lhe convém, e o que não lhe convém.

ARISTEU
Não tenho eu pela mana igual solicitude?

Molière

Sganarello
Cada um, nessa questão, tem a própria atitude;
Não aceitais a minha, a vossa eu não endosso.
Era, como o sabeis, um velho amigo nosso
O pai delas. Morreu quando eram pequeninas,
Confiando-nos os bens e a sorte das meninas;
E nos encarregou, ou de casar com elas,
Ou, senão, de dispor um dia das donzelas
A nosso bem pensar. Foi o que quis e fez;
E, por ato legal, nos soube de uma vez
De esposo e mais de pai dar o poder mais largo,
Sendo esta entregue ao meu, e aquela ao vosso encargo;
Se a vossa governais em liberdade inteira,
Deixai também que eu crie a minha como queira.

Aristeu
Mas creio...

Sganarello
Credes vós! Creio eu que a tal respeito,
— E bem alto o proclamo — isso é falar direito.
De adornos mil realce a vossa o encanto e o viço,
Pois não; tenha um criado e uma aia a seu serviço,
Mui bem; corra a reuniões, nada tenha a fazer,
Namore cem galãs e viva no prazer,
De acordo estou; porém, obediente e passiva,
Pretendo que Isabel a meu capricho viva;
Que se vista de sarja humilde, e que submissa,
Saia de casa só para assistir à missa;
Que no interior do lar se entretenha sozinha

Com a nobre ocupação da louça e da cozinha,
Vassoura, espanador, etc.; pois creio
Que para uma mulher não há melhor recreio.
Mas quando se enfastiar de descascar cebolas,
Para se distrair me remende as ceroulas;
Que sem o seu guardião jamais a rua saia,

E que janota algum ande atrás dessa saia.
Que diacho, já não sou nenhum tolo aprendiz;
"O seguro morreu de velho", ao que se diz!
A virtude e o pudor balançam por um fio,
A carne é fraca, enfim, de tudo desconfio;
E, sendo desposá-la em breve o meu agrado,
Já me garanto, a fim de não sair logrado.

ISABEL
(*a Sganarello*)
Não dei motivo algum…

SGANARELLO
Calai-vos nesse instante!
A insubordinação já me irrita bastante;
E vos ensinarei a fazer tábua rasa
Das ordens que vos dei, saindo assim de casa.

LEONOR
Que mal tem em…

SGANARELLO
Meu Deus, dona Leonor, paciência!
Não me dirijo a vós, nem à vossa sapiência.

Molière

Leonor
Ver minha irmã comigo então vos desagrada?

Sganarello
Falando claro, sim! Deixais-ma desregrada;
Vossas visitas já de há muito me aborrecem,
E peço, por favor, que doravante cessem.

Leonor
Pois bem, senhor, também eu falo claro então.
Não sei que pensamento é o dela em tal questão;
Mas sei que efeito em mim teriam tais idéias,
E, embora corra um sangue igual em nossas veias,
Somos bem pouco irmãs, se virmos esse humor
Um dia lhe inspirar por vós algum amor.

Liseta
É praxe por demais infame e desumana
Prender-se uma mulher à moda muçulmana.
Consta ser dessa gente o bárbaro regime
E que ela foi de Deus maldita por tal crime.
Pensais então ser fraca a nossa honra, o bastante
Para assim ter de ser guardada a todo instante,
E que no mundo inteiro ainda existam medidas
Que das nossas tensões nos tornem impedidas?
Que quando a uma mulher se lhe entra algo na bola,
Que o macho mais sutil não se torne um patola?
São vigilâncias tais meras visões de um louco;
Muito melhor será confiar em nós um pouco;
Só não o entenderá quem for doido varrido!

E me outorgasse a sorte um dia pra marido
Um tirano imbecil, meu anelo, ao que creio,
Seria confirmar-lhe às pressas o receio

    SGANARELLO
    (*a Aristeu*)
Eis, muito ilustre mestre, em que deu afinal
Vossa filosofia; e não dais nem sinal
De sanha?

    ARISTEU
  É que, perdão, me ri do que ela disse;
Achei-lhe graça; mas, nem tudo foi sandice.
Seu sexo quer ser livre; é natural, e cismo
Que o incita à rebelião o nosso despotismo.
Tirânica opressão, se a gente não se ilude,
Nunca fez que a mulher conservasse a virtude;
E a dignidade, a honra, a consciência a retêm
Mais do que a repressão, nos vínculos do bem.
Seria de estranhar — a história sempre o atesta
Uma mulher que à força apenas fosse honesta.
Querer mandá-la em tudo é pretensão bem fútil!
Ganhar-lhe o coração considero mais útil;
E minha honra teria eu por pouco segura
Se se encontrasse em mãos de alguma criatura
A quem, nas tentações que talvez a assaltassem,
Para ceder, somente as ocasiões faltassem.

    SGANARELLO
Canções!

MOLIÈRE

ARISTEU
    Talvez, mas creio, a continuar no tema,
Que instruir os jovens rindo é um ótimo sistema.
Podemos lhes mostrar do bem o rude atalho
Sem dele se fazer um monstruoso espantalho,
E, em vez de nos tornar uns ríspidos agentes
Da virtude e moral, mostrar-nos indulgentes;
Com calma e tolerância usar da repreensão,
Sem jamais esquecer que os jovens — jovens são.
Eu tenho com Leonor seguido esses preceitos:
De impulsos juvenis não fiz graves defeitos,
E sempre, quando o pude, atendi-lhe aos desejos,
Sem ter tido jamais de arrepender-me ensejos.
Tentando conservar em tudo a justa média,
Deixei que freqüentasse os bailes e a comédia,
Os parques e os salões; pois sempre eu lhe faculto
O gozo de um ambiente aristocrata e culto;
Já que essas diversões têm a ótima virtude
De instruir e de formar a mente à juventude,
E que é, a meu pensar, para que bem se viva,
A escola da experiência a mais educativa.
Ainda há outro fator, caro à alma feminina:
Timbra em vestir-se bem e ornar-se uma menina;
Gosta também Leonor de sedas, fitas, rendas,
De tudo o que puder lhe realçar as prendas;
Acho isso natural, e em lhe satisfazer
Essa ânsia feminil, tenho o maior prazer,
Podendo uma família, à qual não faltam meios,
Conceder tal regalo às filhas, sem receios.
Por ordem do seu pai deve casar comigo,

Mas tirano eu não sou; o que a força consigo
Não me interessa; eu sei que talvez minha idade
Repugne à sua fresca, ardente mocidade;
Justo receio! E a fim de que não saia do eixo
Tão desigual união, a seu afeto deixo
Liberdade integral; se esse himeneu lhe augura
Uma vida feliz; se a situação segura
De meus bens, se ternura, inclinação, confiança,
Puderem, a seu ver, compensar nessa aliança
Os riscos, muito bem! Se não, sem que eu lhe tolha
O impulso, deixarei que seu destino escolha;
E a vê-la noutra união estou antes disposto,
Do que lhe receber a mão a contragosto.

SGANARELLO
Que lábia adocicada! escorre mel, confeito!

ARISTEU
Pois dou graças a Deus ser meu gênio assim feito.
E nunca hei de adotar o bárbaro regime
Que os filhos tiraniza e o afeto lhes reprime,
E faz com que em justo ódio a praxes tão fatais,
Desejem com impaciência a morte aos próprios pais.

SGANARELLO
Mas o que a gente outorga hoje de liberdade,
Não se subtrai depois com tal facilidade;
E não encontrareis a submissão devida
Quando fordes lhe impor outro modo de vida.

ARISTEU
Outro modo de vida, e por quê?

SGANARELLO
É o que se pensa!

ARISTEU
Na vida que ela leva, algo há que seja ofensa
Para a virtude, a honra, a decência, a moral?

SGANARELLO
O quê? Em vossa esposa achareis natural
Que ela ainda continue, em liberdade inteira,
A vida a qual esteve habituada em solteira?

ARISTEU
E por que não?

SGANARELLO
        Mas que asno! Então, se não me iludo,
Permiti-lhe-eis a seda, as jóias e o veludo?

ARISTEU
Com gosto.

SGANARELLO
E admitirá vossa cabeça tonta
Correr ela a reuniões, bailes, teatros sem conta?

ARISTEU
É claro.

SGANARELLO
E em vossa casa os jovens elegantes
Virão lhe oferecer os préstimos galantes?

ARISTEU
Pois não,

SGANARELLO
E sussurrar-lhe inépcias ao ouvido?

ARISTEU
Também.

SGANARELLO
E sois de brio em tal grau desprovido
Que sem fúria os vereis? sem pô-los fora à bota?

ARISTEU
Nem penso nisso.

SGANARELLO
Não? Sois mesmo um velho idiota!
Para dentro, Isabel! nem um minuto a mais
A ouvir-lhe a insensatez.
(*a Aristeu*)
Não vedes que insultais
O bom senso, a razão?

Molière

Cena III

Aristeu, Sganarello, Leonor, Liseta

Aristeu
Eu quero em tal terreno
Ter fé em minha esposa, e confiante e sereno,
Assim como vivi, sempre viver em tudo.

Sganarello
Mas como hei de me rir quando eu vos vir cornudo!

Aristeu
Com o fado meu, que ignoro, eu pouco me atormento,
Mas se escapardes vós de usar tal ornamento,
Sei que de modo algum a culpa há de ser vossa,
Pois fazeis por obtê-lo o mais que um homem possa.

Sganarello
Podeis rir e rir mais; que a sério isso se leve!
Um folgazão senil, sexagenário em breve!

Leonor
Não tem o que temer o fidalgo Aristeu,
Se nos unir um dia um sagrado himeneu;
Mas nem quero prever vossa possível sorte,
Fadasse-me o destino a ser vossa consorte!

Liseta
Seria, contra quem em nós confia, um crime,

Uma traição tão vil, que nunca se redime;
Mas nem sempre é assim! no caso de um rebento
Do inferno como vós, seria até pão bento.

Sganarello
(a Liseta)
Cala a boca, indecente, idiota, desgraçada!

Aristeu
Meu mano, fostes vós culpado da massada,
Provocando a insolência. Adeus, e vos aviso:
Prender uma mulher, só quem sofrer do juízo!
Sou vosso servidor.

Sganarello
                        Não sou de ninguém.

Cena IV

Sganarello
(sozinho)
Ah, mas como entre si combina a súcia bem,
E que bela família! A pupila impudica,
Que à vaidade e ao prazer seu louco ardor dedica;
O tutor folgazão, parvo, tonto e senil.
Que vive a se fazer de galã juvenil
E de cetim recobre a anatomia rota;
E por cima a criada, a mísera marota
Que da gente de bem escarnece e caçoa;

Molière

Não, não, o próprio juízo e a sapiência em pessoa
Teriam de perder a voz, ou ficar roucos,
Em querendo inculcar algum senso a tais loucos.
Que não perca Isabel, nessa freqüentação,
Da honra que lhe ensinei, a cândida noção;
E a já levá-la ao campo o ensejo me reduz,
Onde a salvo estará com os porcos e os perus.

Cena V

Valério, Sganarello, Ergasto

Valério
(*no fundo do palco*)
Ei-lo, a quem tanto odeio, esse tutor feroz,
Da divina Isabel cruel guardião e algoz.

Sganarello
(*pensando estar só*)
A sociedade atual me irrita e me revolta!
O vício aí floresce, a luxúria anda à solta;
E nessa corrupção dos homens e da vida,
Toda a população já se encontra envolvida.

Valério
Queria lhe falar para ver se consigo
Tornar-me conhecido e me fazer de amigo.

Sganarello
(*pensando estar só*)

Em vez de se instituir, nesta época de agora,
O rigor que compunha a honestidade outrora,
A juventude está tão doida e libertina...
> (*Valério cumprimenta Sganarello de longe*)

VALÉRIO
Não vê que a cortesia a ele se destina.

ERGASTO
Tem vista má, quem sabe, e é desse lado aí.
Vamos para a direita e...

SGANARELLO
> (*pensando estar só*)

Vou sair daqui.
Produz-me esta cidade, onde tudo é abuso...

VALÉRIO
> (*aproximando-se aos poucos*)

Vou ver se em casa dele aos poucos me introduzo.

SGANARELLO
Sim, ao campo...
> (*ouvindo ruído*)

Ouço alguém.
> (*pensando estar só*)

Com ela eu me dirijo;
Onde a salvo estará no agreste esconderijo
Dos pastos e currais, onde a ignorância impera
E não nos fere a vista a corrupção da era.

Ergasto
(*a Valério*)

Aproximai-vos.

Sganarello
(*ouvindo outra vez ruído*)

Quem é?

(*não ouvindo mais nada*)

Mas zunem-me as orelhas!

(*pensando estar só*)

As jovens, lá, a sós, pacatas como ovelhas,
Sem jóias...

(*percebendo Valério que o cumprimenta*)

Que é que quer?

(*sem fazer caso de Valério*)

Sem rendas, fitas, leques,
E sem galãs...

(*Valério cumprimenta de um lado e Ergasto de outro*)

Mais um? quantos salamaleques!

Valério
A interrupção, senhor, talvez seja importuna

Sganarello
Talvez.

Valério
É que falar convosco é tal fortuna,
Poder-vos conhecer tão auspicioso ensejo,
Que cumpro, ao vos saudar, o meu maior desejo.

SGANARELLO
Sem dúvida.

VALÉRIO
Eis por que, sem cerimônia, vim
Rogar-vos por favor, dispor sempre de mim.

SGANARELLO
Como não?

VALÉRIO
De vós sou vizinho mui feliz,
E agradecido à sorte, a qual assim o quis.

SGANARELLO
Muito bem.

VALÉRIO
Mas, senhor, já conheceis as novas
Que se dizem na corte e das quais se têm provas

SGANARELLO
E que me importam?

VALÉRIO
Ai, para uma novidade,
A gente às vezes tem certa curiosidade.
Não ireis ver por lá em breve a pompa rara
Que para os esponsais do delfim se prepara?

Sganarello
Se assim quiser.

Valério
Paris, é certo, tem a arte
De encantos mil que não se vêem em outra parte;
E ao lado, como é nula a província em prazeres!
Em que passais o tempo?

Sganarello
Eu? Em meus afazeres.

Valério
Pois sim, mas, no serão, quem é que não requer,
Finda a tarefa diária, um recreio qualquer?
Algo que nos distraia o espírito e o intelecto!
Qual é de vossa tarde o emprego predileto?

Sganarello
O que melhor me apraz.

Valério
Ah, como isso é sagaz,
Fazerdes tão-somente o que bem vos apraz!
A resposta é brilhante, e vos venera a gente
O espírito tão sábio, austero e intransigente!
O incômodo pra vós meu ânimo receia,
Ou vos iria ver, às vezes, finda a cela.

Sganarello
Adeus!

Cena VI

VALÉRIO, ERGASTO

VALÉRIO
Peste, imbecil, canalha, rebotalho,
Tratante!

ERGASTO
O bruto tem aspecto de espantalho
E modos de papão.

VALÉRIO
Por onde a gente o esfregue…

ERGASTO
A contrapelo é sempre.

VALÉRIO
Ai, o diabo o carregue!
Mas que raiva!

ERGASTO
E de quê?

VALÉRIO
É que perco a coragem,
Vendo aquela a quem amo em mãos de tal selvagem;
Dum bárbaro dragão, dum cérbero sem alma.
De um tirano imbecil, de um louco…

Ergasto

                                                    Calma, calma!
Dou-vos meus parabéns: a situação augura
Para vós a vitória imediata e segura.
E que há de ser em breve, é minha fé expressa,
Já que de uma mulher tiranizada, opressa,
Presa a um jugo cruel, guardada sempre à vista,
Nunca foi, nem será difícil a conquista;
E que sempre a favor de algum galã recai
O dissabor que causa um marido ou um pai.
De audaz conquistador nunca tive o talento
E a presunção de ser um D. Juan não alento;
Mas cem patrões servi, a cata de aventura,
Para os quais, em amor, era a maior ventura
O encontro, em qualquer lar, de uns carrancudos, prestes,
Como este, a se fazer a toda hora de pestes;
Dos velhos respingões, que de maneira bruta,
Da esposa eternamente exprobram a conduta
E do poder legal cheios de um tolo orgulho,
Nas barbas de um galã fazem manha e barulho.
Este é quem aproveita a situação. Reage
Com fúria e indignação a dama ao tosco ultraje;
Odeia o grosseirão e o seu trato infamante,
E com ela simpatiza o carinhoso amante,
Tornando-se o marido um conveniente sócio
Pra dar corda ao namoro e adiantar o negócio.
Em suma, o gênio mau desse tutor prediz
A vosso empreendimento o termo mais feliz.

VALÉRIO
Mas amo-a com fervor, três meses ontem fez,
Sem conseguir sequer falar-lhe uma só vez.

ERGASTO
O amor dá invenção, porém vos falta o jeito;
Se tivesse sido eu...

VALÉRIO
Sim, tu! com tal sujeito!
Que havias de fazer, e qual seria o fruto,
Se a gente nunca a vê, a não ser com esse bruto;
E que ele vive a sós, que lá não há ninguém,
Nem serva, nem lacaio, a conquistar, a quem
Seduzir com um presente...

ERGASTO
Isso é mesmo um transtorno;
Onde não há ninguém não pode haver suborno.
Que lhe tendes paixão, ela então inda ignora?

VALÉRIO
Mas é o que não sei, não sei, até agora.
Por onde a conduziu o seu dragão, a bela
Pôde sempre me ver que nem sombra atrás dela;
E meu olhar ao seu, desde cedo até tarde,
Timbrava em transmitir o fogo que em mim arde.
Mas como hei de eu saber de que modo interpreta
Seu virginal pudor linguagem tão discreta?

ERGASTO
Pode essa transmissão às vezes ser obscura,
Faltando a tradução da voz ou da escritura.

VALÉRIO
Eis a dificuldade, e que é, pois, que se faz,
Que lhe dê a entender, de maneira eficaz,
Que de meu coração ela é senhora e dona?
Que jamais seu semblante a mente me abandona?
Que nunca eu tencionei causar-lhe algum agravo,
E que somente aspiro a ser o seu escravo?
Dá-me um meio qualquer.

ERGASTO
                    A vós cabe exigi-lo;
Mas vamos cogitar da matéria em sigilo.

SEGUNDO ATO

Cena I

Isabel, Sganarello

Sganarello
Sim, pela descrição que há pouco me fizeste,
Eu já conheço a casa e sei quem é a peste.

Isabel
(*à parte*)
Deus do Céu, secundai o justo estratagema
De um inocente amor, de uma aflição extrema.

Sganarello
E te informaram, pois, que seu nome é Valério?

Isabel
Sim, sim.

Sganarello
     Pois vai em paz, fica ele a meu critério;
Sem mais demoras vou falar com o bruto.

Isabel
(*voltando à casa*)
Eu sei
Quanto é de reprovar esta arte que adotei.
Mas o cruel rigor ao qual estou sujeita,
Que toda alma de bem com indignação rejeita,
Contém o meu perdão.

Cena II

Sganarello
(*sozinho*)
(*Vai bater à porta de Valério*)
Eis-me aqui. Quem vem lá?
Estou sonhando. Olá! que venha alguém, olá!
Não me surpreende, após o que Isabel me disse,
Que antes esse homem viesse e com tanta meiguice...
Mas vou tirá-lo já...

Cena III

Valério, Sganarello, Ergasto.

Sganarello
a Ergasto (*que saiu bruscamente de casa*)
Eh, peste de lacaio!
Bruto, burro, imbecil! por um triz que não caio?
És cego, acaso? Estás a andar em beco escuro?
Estás...

VALÉRIO
Perdão, senhor.

SGANARELLO
Bom, eis a quem procuro.

VALÉRIO
A mim, senhor?

SGANARELLO
A vós.

VALÉRIO
A mim?

SGANARELLO
Não vos chamais Valério?

VALÉRIO
Sim, Valério Heitor Bleissy, sem mais.

SGANARELLO
Então, senhor Valério, e o que mais, a respeito
De um certo assunto, o qual bastante eu tenho a peito,
Vim vos falar.

VALÉRIO
Pois não, tenho o maior empenho
Em vos poder servir.

Sganarello
Ta-tá! Eu mesmo venho
Prestar-vos um favor, mas um favor e tanto.

Valério
A mim, senhor?

Sganarello
A vós.

Valério
A mim?

Sganarello
Que grande espanto!
Por quê?

Valério
Tenho motivo, e minha alma mui grata
Dessa honra...

Sganarello
Deixai de honra, e ouvi do que se trata.

Valério
Pois não, fazei-me a graça então de entrar.

Sganarello
Não entro.

Valério
Muito mais à vontade haveis de estar lá dentro.

Sganarello
Não quero.

Valério
Por obséquio.

Sganarello
Ouvistes que recuso.

Valério
Mas vos deixar na rua! Ah, céus, que grande abuso!

Sganarello
Repito, abuso ou não, que daqui não me afasto.

Valério
Devo eu então ceder. Olá, depressa, Ergasto!
Já que este cavalheiro em caso algum tenciona
Dar-me o prazer de entrar, traze-lhe uma poltrona.

Sganarello
Quero falar de pé.

Valério
De pé? Isso é gracejo!

Sganarello
Não é.

VALÉRIO
Falar de pé!

SGANARELLO
É só o que desejo.

VALÉRIO
De pé!

SGANARELLO
Pois sim, de pé!

VALÉRIO
Não devo eu permiti-lo…
Seria descortês…

SGANARELLO
E que chamais aquilo,
De não deixar falar meia frase sequer,
Do que tem a falar, a quem falar vos quer?

VALÉRIO
Então vos obedeço.

SGANARELLO
E enfim! que está na hora!
(*fazem grandes cerimônias para se cobrirem*)
É de perder-se o juízo, outra zumbaia agora!
E o que tenho a dizer, quereis ouvi-lo em suma?

Valério
Mas com todo o prazer, sem dúvida nenhuma.

Sganarello
Sabeis talvez que eu sou tutor, já tempo faz,
De uma donzela rica, ingênua e bela assaz,
De boa descendência e de excelente fama,
Que aqui perto reside e que Isabel se chama?

Valério
Sei, sim.

Sganarello
Estimo ouvir, e já é bom sinal.
Mas sabereis também que essa flor virginal
Não é nem para vós, nem para outro qualquer,
E, sem mais, que a destino a ser minha mulher?

Valério
Não.

Sganarello
Agora o sabeis, sendo favor, rapaz,
Deixardes de hoje em diante a tal donzela em paz.

Valério
Eu?

Sganarello
Sim, já que a seu ver é apenas um vexame
Vossa paixão, delírio, ou como quer se chame.

Molière

VALÉRIO

Paixão, eu?

SGANARELLO

Sim, senhor.

VALÉRIO

Pergunto eu: de onde sai
Tão estranha invenção? Quem diz que ela me atrai?

SGANARELLO

Disse-mo quem de nós merece fé.

VALÉRIO

Mas quem?

SGANARELLO

Ela mesma.

VALÉRIO

Ela?

SGANARELLO

Sim; como jovem de bem,
Criada desde a infância em meu austero lar,
Em que adquiriu do bem um senso modelar,
E vendo sempre em mim, a quem adora, escudo
Contra o mundo e os ardis dos maus, contou-me tudo.
E, na repulsa ingênua aos galanteios parvos,
Ainda me encarregou de vir logo avisar-vos,
De que seu coração, ultrajado em excesso,

Não desconhece o ardor do qual estais possesso;
Que vos leu na pupila a confissão de sobra
E percebeu mui bem toda a sutil manobra;
Que inútil, pois, seria explicar mais amiúde
Um sentimento audaz, que lhe ultraja a virtude
E representa, além do mais, também ao culto
Que me dedica a dama, um verdadeiro insulto.

Valério
É dela, ao que dizeis, que procede esse aviso?

Sganarello
Sim, mandou transmiti-lo, assim, franco e preciso.
E mais: que após ter feito em vós a descoberta
Dessa infeliz paixão, do que ela lhe desperta
Ter-vos-ia advertido antes já, com certeza;
Mas sem saber a quem poder confiar a empresa,
Em seu grande embaraço, ela enfim resolveu
Que seu embaixador havia de ser eu.
Para vos prevenir, como eu vos tenho dito,
Ser, a outro que não eu, seu afeto interdito;
Que basta de momice e que, se ainda tiverdes
Algum tino, direis que estão as uvas verdes.
É meu conselho, pois, seguirdes outra pista;
Tinha a dizer só isso, adeus, até a vista!

Valério
(*baixinho*)
E que me dizes tu, Ergasto, da aventura?

SGANARELLO
(à parte)
Ficou zoina o coitado.

ERGASTO
(baixinho a Valério)
É minha conjetura
Que para vós não tem nenhuma desvantagem,
Que um mistério sutil se oculta na mensagem,
E que esse aviso, enfim, não procede de alguém
Que queira ver cessar o amor que se lhe tem.

SGANARELLO
(à parte)
Está fora de si.

VALÉRIO
(baixinho a Ergasto)
Crês então que um mistério
Qualquer se oculta aí?

ERGASTO
(baixinho)
Sim, creio; a meu critério
A matéria ainda tem surpresas em reserva;
Mas vamos para dentro, o bruto nos observa.

Cena IV

SGANARELLO
(*sozinho*)
Como se lhe retrata a confusão no rosto!
Minha missão não foi, já se vê, de seu gosto,
E lhe causou espanto a dignidade altiva
Com que Isabel se opôs à fútil tentativa!
(*chamando por Isabel*)
Isabel, desce aqui!
(*continuando a falar*)
Bem demonstra ela o fruto
Que é, na alma virginal, da educação produto;
Escrúpulos morais a mente lhe consomem,
A ponto de injuriá-la o olhar até de um homem.

Cena V

ISABEL, SGANARELLO

ISABEL
(*baixinho, ao entrar*)
Receio que este amante, em seu sonho entretido,
Do aviso que mandei não perceba o sentido;
E vou, do cativeiro em que me agito presa,
Tentar outro sinal que lhe dê mais certeza.

SGANARELLO
Estou de volta.

ISABEL

E então?

SGANARELLO
Saiu tudo perfeito,
E fez-lhe teu discurso um estupendo efeito;
Quis nosso homem negar, e só se submeteu
Depois de eu insistir ter vindo em nome teu;
E como ele de ti não esperava o ataque,
Ficou de espanto mudo, atônito, basbaque.
Coitado! lá se foi, triste e a chuchar no dedo,
E não creio que volte a te inquietar tão cedo.

ISABEL
Queira Deus seja assim; mas temo que não seja,
E que o conquistador inda volte à peleja.

SGANARELLO
Por que, filha, o receio? e que há que o justifique?

ISABEL
Já vos digo! é preciso opor seguro dique
A audácia do galã. Tínheis, deixado a casa
E estava eu, sem pensar, neste calor que abrasa,
Respirando ao balcão um leve sopro de ar,
Quando aí vi surgir, sem lho poder vedar,
Um moço, do atrevido um cúmplice na certa,
E portador pra mim de extraordinária oferta,
A qual arremessou – exatamente ao centro
Do quarto em que me viu – Dela janela adentro.

Já vos mostro o presente; ei-lo, senhor: que tal?
É, como estais a ver, uma caixa em metal
E que contém, lacrada, esta carta — amorosa,
Ao que se julga — escrita em papel cor-de-rosa
Para atirar tudo isso aos pés do mensageiro,
Corri logo ao balcão; porém, foi mais ligeiro
Do que eu; logo sumiu na rua dos Rochedos,
Deixando o vil objeto a me queimar os dedos.
E estou, de humilhação, quase desfeita em choro!

SGANARELLO
Onde é que já se viu tamanho desaforo!
Tratante!

ISABEL
      Ah, por demais o insulto me desgosta!
Anseio, anelo dar logo a única resposta
Com a qual se repudia uma intenção tão baixa,
Já, já lhe devolvendo essa maldita caixa.
Mas, para lha entregar... que faço?... a quem arranjo?...
A vós temo pedir...

SGANARELLO
      Pede, pede, meu anjo,
Teu afeto aprecio imenso e o teu recato,
E por tal incumbência até te fico grato;
Descansa, filha, sim? contentar-te-ei em breve.

ISABEL
Aí está.

Molière

Sganarello
Muito bem, vou ver o que te escreve.

Isabel
Abrir a carta? ah, não, não, pelo amor de Deus!

Sganarello
Por quê?

Isabel
Não vá julgar terem sido atos meus
Abrir-lhe a carta e lê-la! Uma mulher que tem
Alguma honra e pudor, nunca abre o que provém
De algum estranho! ah, não! Tão reprovável ato
Havia de trair a todo o mundo o fato
De que seu coração no fundo não declina
Ser alvo de atenções de origem masculina!
Não! com uma carta em mãos que não passa de afronta,
Não se rebaixa a gente a ver o que ela conta;
E creio que o melhor é ser já devolvida,
Tal como a recebi, a epístola atrevida.
Que esse galã compreenda, antes que finde o dia,
Que o que dele provém minha alma repudia
E que a tal insolência ele não mais se atreva;
Não me siga, ou me fale, ou me fite, ou me escreva.
Que, vendo de uma vez a que ponto é falaz
Sua absurda ilusão, me deixe enfim em paz.

Sganarello
Pois tens plena razão. Sim, e é o que me basta!
Como folgo em te ver tão prudente e tão casta!

Minhas lições em ti surtiram pleno efeito,
E digna te tornei da honra do meu leito.

Isabel
Ter opinião, porém, não cabe a uma donzela.
Tendes a carta em mãos; lede-a! interai-vos dela!

Sganarello
Não, filha, achei mui justa e sensata a lição,
E vou dar desempenho imediato à missão;
De outro negócio urgente ali logo dar parte,
Voltando sem tardar a fim de apaziguar-te.

Cena VI

Sganarello
(*sozinho*)
Está minha alma imersa em ondas de ventura
Ao ver quanto ela é franca, honesta, ingênua e pura.
Criei de castidade em meu lar um tesouro,
Pois vale tal pudor um patrimônio em ouro.
Pudera! repelir com pranto, ódio e clamor
Uma carta, ai, e até um mero olhar de amor,
E mandar-me a correr, às pressas, para a rua,
A fim de que ao maroto eu próprio a restitua!
Eu só quisera ver se a de meu mano, acaso,
Procederia assim, se se visse em tal caso.
Mas claro é que elas são tais como a gente as faz.
Olá!

(*Bate à porta de Valério*)

Cena VII

SGANARELLO, ERGASTO

ERGASTO
Quem é?

SGANARELLO
Transmite a teu patrão, rapaz,
Que não se atreva mais a enviar alguma carta;
Já se sente Isabel de sua audácia farte;
Devolve esta, ultrajada, a qual nem foi aberta;
Chegasse outra e teria igual sorte na certa.
Julgando teu patrão, por tão altivo gesto,
Quanto já se tornou implicante e indigesto,
Neste repúdio, enfim, reconhecendo a marca
De seu fiasco integral, dê outro rumo à barca.

Cena VIII

VALÉRIO, ERGASTO

VALÉRIO
Ergasto, que te deu nossa fera bravia?

ERGASTO
Aí dentro esta carta, a qual, pretende, havia
Isabel recebido hoje de vós, e diz
Que ela a devolve irada, em fúria, e que nem quis

Abri-la; que esse gesto a ofende, ultraja, insulta;
Lede depressa a ver que mistério isso oculta.

VALÉRIO
(lendo a carta)
"Sem dúvida, senhor, hão de vos surpreender
"Tão singular missiva... o estranho proceder
"Da entrega... o portador... ah, quanta audácia! eu tremo
"De vos ver condenar este meu gesto extremo.
"Mas não devo hesitar, sendo tal subterfúgio,
"Em suprema aflição, meu único refúgio.
"Quer-me um tirano impor, impor a todo custo,
"Um himeneu ao qual eu tenho o horror mais justo,
"E com profunda angústia ouvi que me ameaça,
"A seis dias daqui, essa cruel desgraça.
"Não tenho proteção; sem pais, avós, irmãos,
"Só me resta entregar meu fado em vossas mãos;
"É só o que me resta, a não ser outra via
"Fatal de salvação: a morte! Todavia,
"Seria engano vosso acreditar que apenas
"Vos achais devedor de tudo às minhas penas;
"Não obstante encontrar-me em situação tão grave,
"Não foi ela o porquê do sentimento suave
"Que me inspirais; porém, do desespero oriundo,
"Faz com que eu vos revele o que até hoje no fundo
"Mais fundo de minha alma ocultei, e confesse
"Ter por vós algo mais do que mero interesse.
"Em suma, só de vós dependerá que eu possa
"Em breve me tornar, com dignidade, vossa,
"E só aguardo ouvir algo de positivo,

"Para saber, enfim, se pereço ou se vivo.
"Mas lembrai-vos, senhor, de que ora me povoam
"Ânsia, aflição, terror, e de que as horas voam;
"Mas, que a dois corações onde um puro amor lavra,
"Pra mútua compreensão, basta uma só palavra".

Ergasto

Pudera, o subterfúgio é mesmo original!
E creio que estareis satisfeito afinal.
É matreira a donzela, arre! nunca a supus
Capaz de dar uma arte assim brilhante à luz.
E que dizeis agora?

Valério

Ah, ela é adorável!
Tem mente tão sutil, como alma incomparável;
Esse índice de amor, de espírito tão rico,
Inda aumenta a paixão que eu n'alma lhe dedico;
Pensar que é tão formosa, e além disso revela
Tão fina inteligência, instinto tão…

Ergasto

Cautela
Com o que estais a dizer; lá vem o nosso bruto,
E vos deveis mostrar dos dois o mais astuto.

Cena IX

Sganarello, Valério, Ergasto

SGANARELLO
(*pensando estar sozinho*)
Dez mil vezes bendigo o sagaz veredito
Pelo qual é no traje o luxo ora interdito;
Ver o Rei promulgar esse ato benfazejo
Era de há muito já meu principal desejo;
Não mais será tão duro o fardo dos maridos,
E folgo de pensar nos brados e alaridos
Do nosso belo sexo, ao qual puseram freios.
Pudesse o rei fazer o mesmo aos galanteios,
À vaidade, ao namoro, a tantos outros vícios
Aos quais eram o luxo e adornos tão propícios!
Quisera eu os tratar, como o decreto trata
Hoje ao bordado fino e à renda de ouro e prata.
Comprei um exemplar desse édito, e sem falta,
Na folga do serão, pretendo que em voz alta,
Para seu próprio bem, minha pupila o leia;
Será nosso recreio, ainda hoje, após a ceia.
(*vendo Valério*)
Cismais ainda em mandar, meu senhorzinho louro,
Declarações de amor em ricas caixas de ouro?
Pensáveis encontrar nela uma criatura
Como outras tantas há, sem pejo e compostura,
Leviana, irrefletida, impressionável, tonta,
Dada a qualquer intriga e aos galanteios pronta?
Pois desta vez, senhor, errastes na pessoa,
Isabel não é tal, de vosso ardil se enjoa;
Ela é virtuosa e casta, e o homem a quem ama
Sou eu, e mais ninguém. Vossa amorosa trama
Não é lá de seu gosto, e vistes já o efeito

Na forma como foi vosso presente aceito.
Estais perdendo tempo, e se tiverdes juízo,
Por pouco que há de ser, segui o meu aviso;
Deixai de aspirações para vós tão ingratas,
Procurai outra dama, e ide plantar batatas.

Valério
Sim, sim, vosso valor é impedimento tal,
Que já o considero a meus planos fatal;
E seria um absurdo o meu ardor fiel
Pretender contra vós as graças de Isabel.

Sganarello
Sim, pretensão absurda!

Valério
Admito-o e não insisto.
Nem lhe teria amor, pudesse ter previsto,
Quando tão bela a viu, minha alma miserável
O encargo de enfrentar rival tão formidável!

Sganarello
Sem dúvida.

Valério
Perdi toda a esperança e atesto
Que vos cedo Isabel, sem sombra de um protesto.

Sganarello
É lógico, afinal.

VALÉRIO
Cedo a vosso direito.
A César, digo, o que é de César. Sim, respeito,
Venero por demais vossa excelsa pessoa;
Como há de se atrever um nulo, um pobre à-toa,
Como o sou, a encarar com despeito ou com ira
O afeto que a Isabel Vossa Mercê inspira!

SGANARELLO
É muito natural.

VALÉRIO
Desapareço, embora
Ainda almeje um favor, o único que implora
Este amante infeliz, de cuja desventura
– Que nunca teve igual, que é presente e futura –
Sois vós o causador; e d'alma eu vos conjuro
A dizer a Isabel: nunca houve amor mais puro
Do que esse que por ela arde intenso em meu peito,
Que é todo devoção, veneração, respeito;
E que jamais cismou, sequer por um segundo,
Em ofender-lhe a honra esse amor tão profundo.
Tivesse eu o poder, meu mais ardente voto
Seria me tornar seu cônjuge devoto;
Mas vejo que o destino, em vós, a quem já ama,
Cruel embargo opôs a minha justa chama.

SGANARELLO
Bem.

Valério
Mas não deve crer, por mais que o mundo faça,
Que jamais eu lhe esqueço o suave encanto, a graça;
Que por cruel que seja a decisão da sorte,
Minha sina é amá-la, e amá-la até a morte;
E nada poderia obstar meu puro instinto,
A não ser um rival tão nobre e tão distinto.

Sganarello
É bem dito. A Isabel, repetirei, em troca,
Vosso discurso, o qual os brios não lhe toca,
Mas digo-vos por bem: já basta o serdes tolo,
Fazei com que esse amor vos saia enfim do miolo.
Adeus.

Ergasto
(*a Valério*)
Viva o imbecil!

Cena X

Sganarello
(*sozinho*)
Tenho-lhe compaixão;
Se é vítima o rapaz dessa infeliz paixão!
Foi para ele um azar ter-lhe ferido a vista
Um prêmio destinado a ser minha conquista.
(*Sganarello bate à sua porta*)

Cena XI

SGANARELLO, ISABEL

SGANARELLO
Com teu gesto, Isabel, muito honraste o teu sexo;
Na terra jamais houve amante mais perplexo
Do que esse, quando ouviu com que desprezo tinha
Teu brio rejeitado a ilícita cartinha;
Perde a esperança enfim. Desiludido, triste,
E muito mais sagaz, o nosso homem desiste.
Apenas me implorou, pra paz de seu futuro,
Que a sua confissão te repetisse. "É puro,
"É todo devoção, veneração, respeito,
"O fogo que por ti arde intenso em seu peito,
"E nem jamais cismou, sequer por um segundo,
"Em ofender-te a honra o seu amor profundo;
"Tivesse ele o poder, seu mais ardente voto
"Seria se tornar teu cônjuge devoto,
"Não lhe tivesse algum juízo, ou poder celeste,
"Posto um estorvo em mim, a quem já elegeste.
"Porém, não deves crer, por mais que o mundo faça,
"Que ele jamais te esqueça o meigo encanto, a graça;
"Que por cruel que seja a decisão da sorte,
"Sua sina é amar-te, e amar-te até a morte,
"E nada poderia obstar seu puro instinto,
"A não ser um rival tão nobre e tão distinto".
São suas expressões, que não levo em má parte;
Coitado, ele é sincero, e o crime dele é amar-te.

ISABEL
(*baixinho*)
Não me podia a fé em seu amor falhar,
E li sua intenção honrosa em seu olhar.

SGANARELLO
Que dizes?

ISABEL
Digo ser cruel que vos importe,
Assim pouco, eu lhe ter mais ódio do que a morte;
Se me quisésseis bem, veríeis com mais fúria
Uma perseguição que me é mortal injúria.

SGANARELLO
Mas, filha, se ignorava ele o nosso projeto,
E, se nas intenções tem sido tão correto,
Não merece o rapaz...

ISABEL
Seria intenção boa,
Essa de pretender raptar uma pessoa?
Será de homem de bem a ação por que se esforça
De querer me tirar de vossas mãos à força?
Como se eu lá pudesse ainda aturar a vida
Depois de me sentir nessa infâmia envolvida!

SGANARELLO
Como, que dizes?

Isabel
                Sim, tem-se o traidor por apto
A se apossar de mim à força, por um rapto.

Sganarello
É o cúmulo!

Isabel
                Não sei como ficou a par
Do plano pelo qual eu dele ia escapar,
Já que é vossa intenção – como por vós soube ontem
Que a seis dias daqui, ao mais tardar, se aprontem
Nossas bodas. Enfim, o que sei é que inda antes
Pretende ele efetuar seus planos revoltantes
A fim de que rival nenhum mais o importune:
E confia em sair dessa aventura impune.

Sganarello
Ai, ai, ai! ai, ai, ai! isso lá não me agrada!

Isabel
Peço perdão, senhor, ele é pessoa honrada,
Distinta, apenas sente…

Sganarello
                Ultrapassa o limite
Das pilhérias de amor que a gente ainda permite.
Patife!

Isabel
            Mas, senhor, vossa própria indulgência

Entretem-lhe a loucura e a falta de consciência.
Tivesse antes em vós visto o rigor devido,
E ter-nos-ia mais respeito esse atrevido;
Pois foi mesmo depois de incorrer no fracasso
Da carta, que ele teve a idéia desse passo;
E sei que seu amor conserva — e nisso insisto —
A convicção de ser em minha alma bem visto;
Julga ele que me atrai, que é meu secreto arrojo
Fugir de vossas mãos; que me inspira ódio, nojo
Nosso himeneu; que aguardo — é mesmo uma mania —
Que ele enfim me subtraia à vossa tirania,
E que me inspirará dedicação eterna
Se for bem sucedido em vos passar a perna.

Sganarello
Enlouqueceu!

Isabel
Convosco ele finge habilmente;
Hipócrita e sutil, desmente, inventa, mente;
E com finos ardis, a ver se vos distrai,
Aguarda a reação: vai, vai; não vai, não vai.
Como se ri de vós! e com razão perfeita,
Já que dele aceitais toda e qualquer desfeita!
Ah, sou tão infeliz! fadada a ser a presa
Dum cínico raptor, sujeita a baixa empresa
De um malfeitor brutal, de um sátiro covarde,
Sem que alguém me proteja antes que seja tarde!

Sganarello
Nada tens que temer, meu anjo.

Isabel

                Pois vos digo:
Se não agirdes já contra o meu inimigo,
E com toda a energia, até me pôr a salvo
Das vis perseguições de que ele me fez alvo,
Tudo abandono, sim! Tudo abandono em breve,
Sem saber a que fins minha aflição me leve.

Sganarello

Meu bem, não chores, não, vou remediar o mal;
Pois já corro a ajustar as contas com o animal.

Isabel

Dizei-lhe, por favor, que em vão será que negue,
Que o vil plano bem sei com que ele me persegue,
E que, após tal aviso, empreenda ele o que queira,
Não me surpreenderá, e de qualquer maneira.
Enfim, sem mais perder suspiros e momentos,
Deve saber quais são por vós meus sentimentos,
E tão bem informado, ou minha causa abraça,
Ou não se admire então se houver uma desgraça.
Sei que me tem paixão, e se quiser provar-ma,
Não faça repetir mais vezes esse alarma.

Sganarello

Sim, tudo lhe direi.

Isabel

                Faça-lhe a entonação
Saber que em mim se expressa a voz do coração.

Molière

SGANARELLO
Pois logo entenderá quanto ele te revolta.

ISABEL
Com impaciência imensa aguardo a vossa volta;
Apressai-vos o mais possível, por favor;
Uma hora sem vos ver já me enche de pavor.

SGANARELLO
Sim, anjo, coração, eu volto a toda pressa.

Cena XII

SGANARELLO
(*sozinho*)
Criatura haverá mais perfeita do que essa?
E não tinha eu razão?! Sinto-me tão feliz;
Terei uma mulher como a que eu sempre quis,
De virtude e prudência, honra, e recato um templo,
E de modo geral ao seu sexo um exemplo.
Sim, todo ele devia adotar tal modelo
E nos livrar enfim de um velho pesadelo,
Do tipo da mulher impudica, leviana,
Que corre, dança, ri, namora, atrai, engana,
Que, rindo, satisfaz seus ânimos impuros
E o triste esposo deixa em desonra e em apuros,
Cuja infelicidade é tão patente e clara,
Que o mundo com razão chega a lhe rir na cara.

SGANARELLO
(*bate à porta de Valério*)
Olá, senhor galã, convosco eu não atino!

Cena XIII

VALÉRIO, SGANARELLO, ERGASTO

VALÉRIO
A que devo o prazer?

SGANARELLO
Ao vosso desatino.

VALÉRIO
O quê?

SGANARELLO
Sabeis o quê. Fazeis-vos de finório,
Tentando me burlar com o vosso palavrório;
Com vãs denegações e tópicos gratuitos,
Mas conservando em mãos Deus sabe lá que intuitos.
Tem sido até agora o meu trato indulgente,
Porém fazeis perder toda a paciência a gente.
Como é que não sentis vergonha? Sois deveras
Louco ou merecedor de repreensões severas.
Não vos supus capaz de insensatez tamanha!
Irdes imaginar tão bárbara façanha
E cismar em raptar uma donzela casta,

Formando um plano audaz que a pobrezinha arrasta
De situação honrosa ao desespero e ao lodo,
E um himeneu destrói que é seu anelo todo!

Valério
Donde provém, senhor, tão grande invencionice?

Sganarello
Não finjais; foi a própria Isabel quem mo disse;
Quem vos manda avisar, e pela última vez,
Que é tempo de cessar, que três vezes vos fez
Já ver a sua escolha, e que não mais suporta
Perseguições as quais preferia estar morta;
E que ainda causareis uma fatal desgraça,
Se não puserdes fim ao que tanto a embaraça.

Valério
Se o que de vós ouvi for mesmo verdadeiro,
Vai-se de meu amor o impulso derradeiro;
O veredito é claro e me destruiu o sonho,
Respeitar-lhe a sentença é fardo que me imponho.

Sganarello
Como! se for verdade? após mensagens tais,
Acaso duvidais? acaso ainda hesitais?
E essa paixão fatal já vos tornou tão doudo
Que pensais que ela finja o desespero todo?
Quereis, pois, que eu vos dê de que não minto a prova?
Mas a própria Isabel sua asserção renova!
Sim, sim, podeis falar com ela pessoalmente,

A fim de que vos tire a insensatez da mente;
Vereis quão fútil é vossa absurda esperança
E se esse coração entre nós dois balança.
(*Vai bater à sua porta*)

Cena XIV

Isabel, Sganarello, Valério, Ergasto

Isabel

Que vejo? para cá trazeis o delinqüente?
Sustentais-lhe a loucura? exigis que o freqüente?
Tendes-lhe admiração, pretendeis animá-lo
Traístes minha causa, e deverei amá-lo?

Sganarello

Sabes que não, meu anjo, e vamos já ao ponto;
Tem por mentira minha o que de ti lhe conto;
Crê que falo o que quero, e invento por finura
Que tanto ódio lhe tens como me tens ternura;
Que tudo o que lhe disse é presunção vazia,
E fruto, nada mais, de minha fantasia.
Trouxe-o a falar contigo, a ver se enfim lhe curas
Com teu pessoal repudio a chusma de loucuras.

Isabel
(*a Valério*)

Minha alma revelou-se a quem quis, sem rodeio,
E ainda duvidais a quem amo ou odeio?

Molière

Valério
Senhora, eu duvidei; confesso-o, teve a arte
De surpreender minha alma o que de vossa parte
Vosso tutor me expôs, e a suprema sentença
Que dest'arte julgou minha paixão intensa,
Toca o meu coração, sim, toca-o tão de perto,
Que almeja sempre ouvi-la, até ficar bem certo.

Isabel
Surpreendeu-vos o dito? Ah! não é erro ou crime
Se, sem hesitação, meu sentimento exprime;
E creio que é baseado em bastante eqüidade
Para eu poder aí dizer toda a verdade.
Saiba-se de uma vez: em tudo desiguais,
Vejo aqui dois galãs, um rival do outro, os quais
São de meu coração hoje todo o conflito;
Um deixa-o tão feliz como o outro o deixa aflito;
É natural que a um, de quem eu fiz a escolha,
Minha alma, com fervor e gratidão acolha;
Mas tão-somente horror, repulsa e ódio, em troca
De suas pretensões, o outro em mim provoca.
Se me é de um a presença a mais cara do mundo,
E me enche o coração de júbilo profundo,
Oprime o outro o meu ser com intolerável peso,
E apenas me desperta ódio, aversão, desprezo.
A ser esposa de um aspiro comovida,
E prefiro, a ser do outro, abandonar a vida.
Mas basta de mostrar meus justos sentimentos;
E é padecer demais em tão rudes tormentos.
Deve aquele a quem amo incentivar o meio

De tirar a esperança àquele a quem odeio,
E co' uma união feliz, libertar minha sorte
De um suplício pra mim mais trágico que a morte.

Sganarello
Benzinho, já te faço a vontade, e não tente
Ninguém se intrometer.

Isabel
Assim ver-me-eis contente.

Sganarello
Breve, breve o serás.

Isabel
Sei que é falta de pejo.
Uma donzela expor seu íntimo desejo.

Sganarello
Mas não.

Isabel
Há situações, porém, em que uma jovem
Pode se revelar, sem que outros a reprovem.
Creio que o céu até, em sua sabedoria,
Nessa aflição tremenda, o encargo me imporia
De enfrentar sem temor, num preito tão honroso,
A quem já considero o meu senhor e esposo.

Sganarello
Filhinha, o teu afeto ingênuo me comove.

MOLIÈRE

ISABEL
Suplico, por mercê, que a boa-fé me prove.

SGANARELLO
Sim, beija minhas mãos.

ISABEL
Ao seu amor apelo;
Conclua um himeneu que é meu ardente anelo
E, pelo amor de Deus, não julgue com rigor
De uma donzela a audaz revelação de amor;
Já que lhe dou aí, sem que vacile ou trema,
Penhor de eterna fé e a afirmação suprema
De jamais aceitar a mão de outra pessoa,
Enquanto hei de viver!
            (*finge abraçar Sganarello e dá a mão a beijar a Valério*)

SGANARELLO
Pois mui breve a hora soa
Em que hás de ser feliz: meu anjo, amor, encanto,
Não vais ter de esperar mais tempo, eu to garanto.
            (*a Valério*)
Aí está, meu rapaz, o que diz não lhe inspiro,
E vistes a quem foi o ardor de seu suspiro.

VALÉRIO
Vi, sim, dona Isabel, e nada mais demando!
Eu juro a vossos pés seguir o vosso mando,
E em breve saberei livrar-vos da presença
De quem vos inspirou repulsa tão intensa,

Isabel

Meu reconhecimento então será eterno,
Salvar-me-eis do trespasse ou do pior inferno;
Odeio-lhe a presença e tudo lhe rejeito...

Sganarello

Eh, eh!

Isabel

Não permitis que eu fale desse jeito?
Devo...

Sganarello

Não, isso não; não digo, mas, coitado,
Tenho-lhe mesmo dó, vendo-o em tão triste estado,
E mostras por demais a que ponto o detestas.

Isabel

Nunca há de ser demais em aflições como estas.

Valério

Senhora, concedei-me uns três dias. Tão breve
Hei de vos libertar do bruto que se atreve
Destarte perseguir, com seu ardor imundo,
A criatura mais perfeita deste mundo.

Isabel

Adeus, então.

Sganarello
(*a Valério*)

> Deploro o estado em que vos deixa,
Mas...

Valério
> Não, não me ouvireis, senhor, nenhuma queixa;
Dona Isabel mui bem sabe o que de ambos fala,
E vou, ditoso até, tratar de contentá-la.

Sganarello
Coitado, em sua dor, está falando a esmo;
Abraça-me, rapaz, ela e eu somos um mesmo.
> (*Dá um abraço a Valério*)

Cena XV

Isabel, Sganarello

Sganarello
> Tenho-lhe mesmo dó.

Isabel
> Juro ser sem motivo.

Sganarello
Aliás, eu te apreciei o entusiasmo excessivo
E vou recompensá-lo, anuindo ao que pedias;
Sei que achas muito longo o prazo de oito dias,
E vamos nos casar tão logo de manhã;
De tudo me encarrego...

ISABEL
Ah, meu Deus! amanhã?

SGANARELLO
Por castidade estás fingindo relutância;
Mas sei como afinal te satisfaço a ânsia,
E que esta noite vais contar as horas todas
Até raiar o alvor feliz das nossas bodas.

ISABEL
Mas...

SGANARELLO
Tudo há de estar pronto, anjo, isso não te alarme.

ISABEL
Deus do Céu, inspirai-me o que puder salvar-me!

TERCEIRO ATO

Cena I

Isabel
(*sozinha*)
O vínculo glacial da morte eu temo menos,
E seus terrores são cem vezes mais amenos
Do que essa união fatal. Se trêmula me esforço
Por lhe escapar ao jugo, ah, faço-o sem remorso!
Pois tudo o que empreender, fugindo a tal senhor,
Perdoado me será, seja o censor quem for.
A noite já caiu. Num lícito transporte
Vou à fé de um amante entregar minha sorte.

Cena II

Sganarello, Isabel

Sgnarello
(*falando a pessoas dentro de casa*)
Já volto, e amanhã, minha ordem que se aguarde...

ISABEL
Céus!

SGANARELLO
Isabel, és tu? Mas aonde vais tão tarde?
Tornei para um instante e novamente parto;
Mas, quando te deixei, ias dentro do quarto
Trancar-te; perguntei, e foi tua resposta
Estares te sentindo algo lassa e indisposta,
Com anseio de repouso, e deste a conhecer
Que eu não te perturbasse, até o amanhecer.

ISABEL
É fato, mas...

SGANARELLO
Então?

ISABEL
Ah! vedes-me confusa...
E, de vossa indulgência esta aventura abusa...
Ao menos o receio... e não sei como...

SGANARELLO
Ora essa!
Filhinha, que será? sabes que me interessa
Tudo o que fazes; fala!

ISABEL
É um segredo algo estranho,

E, para o revelar, sinto até que me acanho;
Se fiz mal, foi tão-só por compaixão humana
A que não resisti. Foi Leonor, minha mana,
Que por projeto seu – que aliás reprovo –, quis
Que esta noite em meu quarto a trancasse, o que fiz.

Sganarello
O quê?

Isabel
Surpresa imensa! A tresloucada tem
Paixão ao tal galã que eu rejeitei.

Sganarello
                                A quem?
Valério?!

Isabel
        Sim, Valério! É uma paixão tão forte,
É tão intenso, louco, ardente o seu transporte,
Que aí acorreu, a essa hora tão tardia,
A implorar-me a ceder ao que de mim pedia;
E, provando o fervor dessa atração nefasta,
Jurar que se o destino averso dela afasta
O objeto a quem adora, ai! que ela não duvida
Que em breve perderá o juízo e mais a vida.
Que um vivo ardor prendeu, disso meio ano faz,
Ambos seus corações num vínculo fugaz;
E que até, no inicial fervor de seu afeto,
Duma aliança nupcial tinham feito o projeto.

Quando ela agora ouviu que eu, como o dita a lei
Do brio e do dever, seu ídolo expulsei,
Tentando melhorar tão impiedosa sina,
E opor-se a uma traição que a mente lhe alucina,
Com um plano insano e audaz aí logo acorreu,
Para o êxito do qual deve fingir ser eu,
Adotando meu nome e voz numa entrevista
Com seu conquistador, sem ser por ele vista.
Isso na escuridão da noite…

SGANARELLO
O quê? Mas onde?

ISABEL
Naquele beco ao qual meu quarto corresponde.
Pintar-lhe na ocasião fervor, paixão, ternura,
Para assim atraí-lo, e com a sutil finura
Tentar reconquistar…

SGANARELLO
Ah, marota impudica!

ISABEL
O amor que esse inconstante agora a mim dedica.

SGANARELLO
E tu a encorajaste?

ISABEL
Eu? nunca! Um tal ultraje
À virtude e ao pudor, pensais que o encoraje?

Tamanha aberração, procedimento destes?
Aliás, tudo eu tentei. Mana, acaso perdestes;
– Perguntei-lhe – a razão, o brio, o pundonor?
Nem mais vos reconheço! O que! dona Leonor!
Terdes tão pouco juízo e vos apaixonardes
Por um vil corruptor que nos vem com alardes
De seu fervor impuro, e troca diariamente
A frívola paixão que lhe distrai a mente?
E de um virtuoso ancião cruelmente enganais
Fé, esperança, amor, por seduções banais?

Sganarello
Desta parte é que eu gosto, e para ele é bem feito.

Isabel
Enfim, de cem razões serviu-se meu despeito
Para lhe reprovar, não uma vez, mas dez,
A loucura imoral, o escárnio da honradez,
A vil traição. Porém, sem que quisesse ouvir-me,
Continuou a insistir, no desvario firme,
Jurando sucumbir de desespero, ao passo
Que essa arte poderá salvá-la do trepasso.
Tanto chorou, pediu, tanto abraçou meus joelhos,
Tanto invocou a Deus, tão surda a meus conselhos
Mostrou-se a infeliz, que em mim se enterneceu
O fraternal afeto e ao louco anelo seu
Sujeitei-me afinal – a voz do sangue obriga!
Mas, a fim de atenuar o alcance dessa intriga
E não me achar a sós metida em tal empresa,
Eu ia para cá chamar dona Pureza

— A quem tanto estimais — para que durma aqui.
Viestes me surpreender no instante em que saí.

Sganarello
Não, não, de modo algum intriga tal se apóia,
E em casa minha eu não permito essa tramóia.
No que ao meu mano toca, eu talvez consentisse,
A fim de lhe punir a magistral tolice;
Sem dúvida seria uma obra justa e pia!
Mas talvez que de fora o visse algum espia;
E não pretendo só que o ser por mim eleito
Para compartilhar de meu lar, nome e leito,
Seja virtuoso e casto; o que exijo é que a língua
Pior que aí houver possa encolher à míngua
De palavrório, e a fim de que a nenhum te exponha,
Vamos já pôr na rua aquela sem-vergonha.

Isabel
Irdes lá para cima? ah, não, Jesus, Maria!
Tanto a ela como a mim isso envergonharia,
E lhe seria certo um dissabor amargo
O ouvir que lhe atraiçoei o melindroso encargo;
Se para confidente a mim ela elegeu,
Quem lhe ordene o sair, que também seja eu.

Sganarello
Bom, podes ir.

Isabel
        Porém, oculto na esplanada,
Deixai que ela se vá sem lhe dizerdes nada.

Sganarello

Sim, por amor de ti ainda espero um instante;
Mas, logo que estiver daqui algo distante,
A ver meu digno irmão corro sem mais atraso;
Terei um gosto imenso em lhe contar o caso.

Isabel

Será favor, então, não me nomear na trama;
Adeus, pois já lá fico, e vou direto à cama.

Sganarello
(*sozinho*)

Meu anjo, dorme bem. Rio-me de antemão
Da cara que fará esse asno, o meu irmão.
Eis, pois, o que lucrou quem meu saber repele,
E eu não queria agora estar em sua pele.

Isabel
(*dentro de casa*)

Não, mana! por favor, demonstrai terdes juízo.
Com vosso dissabor eu de alma simpatizo;
Mas ceder-vos seria irreflexão punível;
Eu sempre conservei minha honra em alto nível.
E já que vossa ação lhe ofuscaria o alvor,
Rogo irdes-vos daqui, e já, já, por favor.

Sganarello

Lá vai aquela peste; a fim de pôr entrave
A mais uma intrusão, eu tranco a porta à chave.

Molière

ISABEL
(*saindo coberta por um véu*)
Deus Todo-Poderoso, escutai minha prece!

SGANARELLO
Convém segui-la.

ISABEL
A noite, ao menos, favorece
Meu subterfúgio.

SGANARELLO
Aonde irá? Rumo fortuito?
Em casa do galã? Qual é o seu intuito?

Cena III

VALÉRIO, ISABEL, SGANARELLO

VALÉRIO
(*saindo bruscamente*)
Quero ver se esta noite ainda um esforço tento
Para ver... Quem vai lá? quem é?

ISABEL
Valério, atento!
Silêncio, por mercê! sou Isabel e venho...

SGANARELLO
Mentiste, desgraçada! Eu sei do teu engenho.

Adotas tanto a voz como o nome de quem
Não fere como tu as nobres leis do bem.

ISABEL
(*a Valério*)
Porém, só se eu vos vir por um santo himeneu…

VALÉRIO
Ah, juro-vos! nenhum outro anelo tenho eu;
E, logo ao madrugar, declaro-o de antemão,
Aspiro a receber o dom de vossa mão.

SGANARELLO
(*à parte*)
Caiu na rede.

VALÉRIO
Entrai; este asilo é sagrado.
Desafio o poder de um cérbero logrado;
Isabel ora é minha; e num supremo embate
Hei de prostrá-lo morto, antes que ma arrebate.

Cena IV

SGANARELLO
(*sozinho*)
Sossega, toleirão. Vontade alguma eu sinto
De vir te arrebatar a presa; esse recinto
De perdição que abrigue um vergonhoso fogo

Fruto da educação de um louco pedagogo.
Tua fé, teu ardor, me são indiferentes;
Pretendo só que inda hoje a obrigação enfrentes
Do matrimônio; sim! ver-te-ás já descoberto;
Reside um comissário, ao que creio, aqui perto,
O qual, ao surpreender o parzinho atrevido,
Fará cumprir a lei. O culto ainda devido
Ao túmulo paterno e o meu grande interesse
Pela inocente mana, exigem que me apresse
Em dar logo andamento a esta única medida
Que a louca restitua a honra assim perdida.

Cena V

SGANARELLO, UM COMISSÁRIO, UM TABELIÃO,
UM LACAIO, *com uma tocha.*

SGANARELLO
(*batendo à porta do comissário*)
Olá, olá!

O COMISSÁRIO
Senhor?

SGANARELLO
Sois vós o comissário?
Vosso ofício legal tornou-se necessário;
Segui-me, por favor.

O Comissário
                    Incomodar a gente
Tão tarde! Ia sair...

            Sganarello
            É caso muito urgente.

            O Comissário
Do que se trata, pois?

            Sganarello
                    Sempre a velha questão;
Aí dentro um rapaz e uma donzela estão;
Ela é menor, e sem delonga inoportuna,
Convém que ainda hoje a noite um nó legal os una.
Um Valério atraiu a moça ao aposento
Com juras de paixão e breve casamento;
Ela é jovem de bem, pois sim, mas por um triz...

            O Comissário
Deveras! nesse caso o encontro é mui feliz.
Graças a esse senhor, já vos contentarei,
Sendo ele justamente um tabelião do rei.

            Sganarello
O cavalheiro então?...

            O Comissário
                    É sim; sendo também,
Além de mui capaz, perfeito homem de bem.

Sganarello
Entende-se por si. Mas vamos ao que importa;
Com a máxima cautela entrai por esta porta;
E, a fim de que não haja uma nova escapada,
Que fique um a vigiar bem rente o pé da escada.
O incômodo será bem pago, como é praxe,
Porém não permitais que o galã vos engraxe.

O Comissário
A nós? Somos, senhor, fiéis e honrosos servos
Da justiça e da lei.

Sganarello
          Não foi para ofender-vos:
Senhores, até já; haveis de agir com acerto.
Quanto a mim, corro agora e o meu irmão desperto.
Deixar de o prevenir seria um desacato;
Vou dar-lhe um belo choque, a esse homem tão pacato!

Cena VI

Aristeu, Sganarello

Sganarello
(batendo à porta de Aristeu)
Olá!

Aristeu
Quem bate?

Sganarello
Olá!

Aristeu
Tão tarde? Ora, a quem vejo!
Às ordens, meu irmão, qual é vosso desejo?

Sganarello
Salve, instrutor sutil, sagaz mentor do sexo!
Traz vossa insensatez seu belo fruto anexo,
E vossa obra exemplar chegou já a bom termo;
A Leonor onde está? podeis talvez dizer-mo?

Aristeu
Que pergunta esquisita! há de estar numa festa
Que uma parenta dá.

Sganarello
Cegueira manifesta!
Auge da estupidez! mostro-vos num instante
que espécie é a festa em que anda essa tratante.
Pobre homem! mas tão bem vossa pupila instruístes,
Que o dissabor nos deixa a rir em vez de tristes!
Onde é que já se viu burrice tão extrema?
"Instruir os jovens rindo é um ótimo sistema;
"Tirânica opressão, se a gente não se ilude,
"Nunca fez que a mulher conservasse a virtude;
"Quer ser livre apesar do sexo e verdes anos,
"E cai na rebelião quando somos tiranos".
Pois vossa Leonor já correu a fruir, na vinha

Molière

Da liberdade, um cacho a mais do que convinha;
Tomou com tal fervor vossas lições a peito,
Que está a lhes tirar o máximo proveito.

Aristeu
Como! que significa?…

Sganarello
Ah, que menina destra!
Discípula ainda há pouco, em pouco se fez mestra;
E por tesouro algum quisera eu que vos fosse
Poupada essa experiência. Então! espatifou-se
A bolha de ilusões! e que fruto encontrastes!
Palavra, é o mais perfeito estudo de contrastes.
Vemo-lo neste par de irmãs, pelo que segue:
Uma foge ao galã, enquanto a outra o persegue;
Para mim um triunfo, e vosso eterno estigma.

Aristeu
Não encontrei ainda a solução do enigma.

Sganarello
Do enigma a solução deixa de ser obscura,
Se em casa de Valério andarmos-lhe à procura;
Há pouco eu vi Leonor levar pra lá seus passos,
E a estas horas deve estar já nos seus braços.

Aristeu
Quem?

Sganarello
Quem? Ora, Leonor!

Aristeu
           A farsa é de mau gosto.

Sganarello
Que farsa, farsa nada! O que vos tenho exposto
É autêntico; outra vez vos repito e vos digo,
Que em casa dele está que lhe pediu abrigo;
Que ele logo a acolheu; que os une um velho afeto;
E que até do himeneu tinham feito o projeto.
Isso antes que a burlasse o cínico traidor,
Dedicando a Isabel seu inconstante ardor.

Aristeu
Não pode ser!

Sganarello
        Ai, se é! Desta vez vos desperto
Das fúteis ilusões, pobre imbecil!

Aristeu
                             Decerto
É cisma vossa.

Sganarello
        O quê! ainda esse idiota teima!
Nem vendo, ele há de crer; é o auge da toleima!
Serdes tão burro assim, podia alguém supô-lo?
E a idade, que uso tem, quando lhe falta o miolo?

Molière

ARISTEU
Que desejais de mim?

SGANARELLO
Eu? nada. É só seguir-me
Para que a própria vista a coisa vos confirme;
Vereis então se invento e se não é um fato
Terem, há tempos já, feito um secreto pacto
De mútuo amor.

ARISTEU
Mas acho estranho, incrível isso!
Poder ela assumir tão grave compromisso
Sem consultar-me, a mim! cujo constante estudo
Foi, desde a sua infância, o agradá-la em tudo!
E que lhe protestei, cem vezes e mais uma,
Jamais à escolha sua opor barreira alguma!

SGANARELLO
É fato consumado, e como tal se aceita;
Com sangue frio, aliás, tratei já da receita.
Não perco o juízo, eu! Sem bulha e comentário,
Chamei um tabelião, além do comissário,
A fim de que um enlace urgente salvaguarde
Da honra o que se puder. Nem vós sereis covarde
A ponto de querer desposá-la ainda, após
A infâmia em que incorreu e o ultraje a todos nós;
A menos, caro irmão, que vossa insânia queira
Justificar ao mundo ainda essa maluqueira.

ARISTEU
Forçar o amor de quem despreza e foge ao meu?
Sempre a razão em mim tão grave erro temeu!
Porém não posso crer…

SGANARELLO
Que miolo tão obtuso!

Cena VII

SGANARELLO, ARISTEU, O COMISSÁRIO, O TABELIÃO

O COMISSÁRIO
Não convém por aqui violência alguma em uso.
Vai tudo muito bem, e a honra está a salvo,
Pois tão-só o himeneu é do parzinho o alvo,
Tendo o jovem galã, às condições submisso,
Por contrato assumido o firme compromisso
De tornar sua esposa em religião e lei
A que lá dentro está. Com ela eu não falei;
Num quarto se trancou, e lá ficou reclusa,
E, tanto a discutir como a sair recusa,
Enquanto o Vosso intuito e o dela não concordem.

Cena VIII

VALÉRIO, O COMISSÁRIO, O TABELIÃO, SGANARELLO, ARISTEU

Valério
(*da janela de sua casa*)
Sim, e é mister pôr fim a toda essa desordem.
Senhores, não tereis em minha casa ingresso,
Antes de eu ter em mãos vosso consenso expresso.
Não ignorais quem sou, e fiz o meu dever
Assinando o papel que todos podem ver.
Se for vossa intenção aprovar nossa aliança,
Podeis também me dar a mesma segurança;
Senão, enfrentarei a morte sem temor,
Antes que eu vos entregue o meu sagrado amor.

Sganarello
Eh, calma, calma aí! como o rapaz se exalta;
Daquela que abrigais, já não sentimos falta;
Ficai com ela à vontade.
(*baixinho, à parte*)
Essa cabeça astuta
Ainda não percebeu ter lá a substituta;
O equívoco é dos bons, e deixo eu que se iluda
Pra rir melhor depois.

Aristeu
(*a Valério*)
Será mesmo?...

Sganarello
(*a Aristeu*)
Caluda!

Aristeu
Quero saber…

Sganarello
Silêncio!

Aristeu
(*a Valério*)
É mesmo, então, Leonor?

Sganarello
Psiu, pelo amor de Deus!

Valério
                        Pois seja como for;
De Isabel tenho a fé, tem Isabel a minha,
E para um lar feliz nosso amor se encaminha.
Não há quem nos separe; aliás, não sou escolha
Que um pai ou um tutor tão mal assim acolha.

Aristeu
(*a Sganarello*)
Mas o que diz não é…

Sganarello
              Silêncio, enfim! depois
Tudo esclareço.
              (*a Valério*)
              Sim, basta de lábia, pois
Tanto vos faculto eu, como ele vos faculta,
Casardes com a pequena aí dentro ora oculta.

MOLIÈRE

O COMISSÁRIO
Foi feita a redação do pacto nesses termos;
Dela o nome ficou em branco, por não termos
Visto a donzela. Após, transpor-se-á o barranco,
Pois ela comparece e se enche o espaço em branco;
Concluindo-se o himeneu sem outro palavrório.

VALÉRIO
Concordo desse modo.

SGANARELLO
É bem satisfatório.
(*à parte*)
Em breve vamos rir.
(*em voz alta*)
　　　　　　　　Mano, assinai primeiro:
Cabe-vos, sem favor, o encargo lisonjeiro.
Depois será meu turno.

ARISTEU
É que ainda não atino…

SGANARELLO
Mil diachos! assinai! já basta o ser cretino.

ARISTEU
Mas é que eu cismo estar na torre de Babel,
Um fala de Leonor e o outro de Isabel.

SGANARELLO
E, sendo ela Leonor, acaso não concorda
Vosso tino em dar logo ao tal casório corda?

ARISTEU
Sem dúvida.

SGANARELLO
Ainda bem; basta de desatino.
Assinai.

ARISTEU
Nada entendo! Enfim…
(*assina*)

SGANARELLO
Também assino.

O COMISSÁRIO
Voltamos já.

SGANARELLO
Está bem.
(*a Aristeu*)
O intervalo é propício
Para vos explicar amiúde…
(*retiram-se para o fundo do palco*)

Cena IX

Leonor, Sganarello, Aristeu, Liseta

Leonor
Ah, que suplício!
Respiro livre, enfim. É me sempre um vexame
Ver-me alvo de atenções da parte desse enxame
De amantes juvenis que a sociedade infesta;
E é para lhes fugir que abandonei a festa!

Liseta
De ingrata e de cruel beldade hão de culpar-vos.

Leonor
Mas já não lhes tolero os galanteios parvos;
Do vinho e da mulher o tema predileto;
A vaidade inaudita, o precário intelecto.
Pensam que tudo cede à sua áurea peruca,
E, quando em tom de escárnio insistem que é caduca
A meiga inclinação de um ancião venerando,
Ridículo e senil o afeto puro e brando
Que toca o coração, que comove e seduz,
Cismam ter dado o mais brilhante dito à luz.
E nunca entenderão que a tanta fútil lábia,
Cem vezes eu prefiro a digna, nobre e sábia
Ternura desse ancião. Mas vejo...

Sganarello
(*a Aristeu*)
Aí se observa

O contraste...
                (*vendo Leonor*)
                Ah, lá vem; e vem com ela a tal serva.

ARISTEU
Leonor, bem o sabe!, nunca eu vos pus entraves,
Mas tenho hoje razões de queixa muito graves.
Sempre vos concedi o privilégio honroso
De escolherdes vós mesma um dia o vosso esposo;
Jamais a vossa escolha eu quis negar confiança,
E muito menos ainda impor-vos minha aliança.
Mas fostes vós doar mão, fé, vida e destino,
Num duvidoso amor, furtivo e clandestino;
E com desprezo estranho agistes pra comigo,
Como se eu de vós fosse um mau e falso amigo.
Da consideração sem-par que tenho tido.
Não me arrependo, mas não nego estar sentido;
E jamais mereceu compensação tão rude
A minha paternal, meiga solicitude.

LEONOR
O que dizeis! De espanto eu nem sei como estou!
De que falais? que invento...

ARISTEU
           Houve quem o atestou,
Contando o caso todo.

LEONOR
              E, por mais que vos contem,

Molière

Juro-vos que sou hoje a mesma que fui ontem.
Não há o que por vós altere a minha estima,
E nessa hora é mister que o meu sentir exprima.
Contra o vosso poder jamais me rebelei,
Qualquer desejo vosso eu considero lei;
Continuai vosso afã; guiai-me, dirigi-me,
Só aspiro a viver sob tão feliz regime,
E, se do mesmo ardor não fordes ora imune,
O mais sagrado nó logo amanhã nos une.

Aristeu
Ora essa, mano, então! com que absurdo critério?

Sganarello
Mas não vos vi sair da casa de Valério?

Leonor
Quem? Eu?!

Sganarello
Não fostes lá? não revelastes antes
De vosso mútuo ardor as confissões galantes?
De uma paixão violenta a insensatez sem-par,
Que à vossa indigna ação foi seu cunho estampar?

Leonor
Exijo me informeis quem é que se aventura
A lançar sobre mim tão infame impostura.

Cena X

Isabel, Valério, Leonor, Aristeu, Sganarello,
Comissário, O Tabelião, Liseta, Ergasto

Isabel

Leonor, tendes razão. A trama foi indigna;
Mas imploro o perdão de vossa alma benigna.
É que me vi forçada, em dura e justa luta,
A perturbar o alvor de vossa honra impoluta,
E o súbito terror de uma surpresa extrema
Há pouco me inspirou o tosco estratagema.
Condena vosso exemplo em mim tal desatino,
Mas não nos outorgou igual sorte o destino.

(*a Sganarello*)

De vós, perdão algum imploro, meu senhor;
Seria esse himeneu um péssimo penhor
De dita conjugal ou de um feliz porvir;
E, em vez de uma traição, creio que é vos servir,
Se, para o bem comum, minha alma se resigna
A vos livrar de quem é de tanta honra indigna;
E, se ela o seu amor a um outro agora endossa,
É por não merecer aliança como a vossa.

Valério

(*a Sganarello*)

Almejo, quanto a mim, sem lábia e falso incenso,
Um dia vos obter o paternal consenso,

MOLIÈRE

ARISTEU
Paciência, meu irmão; aqui sou testemunha
De que é justo o desfecho e que a lição se impunha.
Convém aparentar no caso estoicismo,
Pois vosso proceder tem a culpa, ao que cismo;
E essa aventura toda há de ter como efeito
Que quem dela souber ainda dirá: Bem feito!

LISETA
Dona Isabel venceu, mas tenho por celeste
A justa punição que hoje atingiu a peste.

LEONOR
Não sei dar a esse ardil o meu louvor formal,
Mas sinto-me incapaz de lho levar a mal.

ERGASTO
De corno consumado o germe tem no porte,
E sê-lo em embrião ainda é favor da sorte.

SGANARELLO
(*saindo da prostração em que se achava*)
Misericórdia! estou atônito com o choque,
Estranho que a infernal traição não me sufoque;
De tanta malvadez nunca a supus capaz,
Mas que desilusão! no próprio Satanás,
Afianço que há de ser a propensão mais fraca
Para a traição sutil, do que nessa velhaca,
Por ela até teria ao fogo posto a destra,
Nunca cismei que fosse em vil malícia mestra;

Mas é que me esqueci de que a marota é fêmea,
E de astúcia infernal a fêmea é sempre gêmea;
É um poço de traições, fecundo, fundo, imundo,
Criaram-na tão-só para danar o mundo.
Quisera eu poder dar da infame espécie cabo,
E do fundo do ser envio o sexo ao diabo.

Aristeu
Deixai que ele se vá, pois sofreu forte abalo;
Podemos amanhã tentar apaziguá-lo.
Mas vamos todos nós, que o ensejo quis grupar,
Beber em minha casa ao nosso jovem par;
E que lhe possa ser tal prólogo fator
Da mais feliz união. Segui-me, por favor.

Liseta
(*ao público*)
Quanto a vós, que ainda estais na sala reunidos,
Se acaso conheceis, entre pais ou maridos,
Tiranos desse humor: fazei-lhes, uma esmola,
Trazendo-os, sem tardar, cá para a nossa escola.

João Dandim
ou
O marido da fidalga
Comédia em três atos

PERSONAGENS

João Dandim	*campônio rico, marido de Angélica*
Angélica	*mulher de João Dandim, filha do Sr. de Cascogrosso*
Sr. de Cascogrosso	*gentil-homem provinciano e pai de Angélica*
Sra. de Cascogrosso	
Clitandro	*amante de Angélica*
Claudina	*camareira de Angélica*
Lucas	*camponês, criado de Clitandro*
Nicolas	*criado de João Dandim*

A cena passa-se em frente à casa de
João Dandim, no campo.

PRIMEIRO ATO

Cena I

João Dandim
(*sozinho*)
Ah! como é, de um vilão, grandíssima imprudência!
Casar com uma mulher de nobre descendência!
E como é meu absurdo, insano matrimônio,
Uma ótima lição para todo campônio
Que se queira tornar genro de um gentil-homem!
Pobre daquele a quem tais ambições consomem!
Não digo que não tenha em si a fidalguia
Seus lados bons; porém, quando a razão nos guia,
Sabemos como é mau ver-lhe as feições de perto;
Fiquei a minha custa em tal matéria esperto
E conheço hoje a fundo os hábitos dos nobres
Quando, mui por favor, desposam nossos cobres.
É-lhes a união conosco humilhante e importuna,
E nos desposam só as terras e a fortuna;
Só isso, e nada mais! ai de mim! ser ricaço
De nada me serviu; era certo o fracasso!
Fiz uma bela asneira, uma burrice grossa!
Devia ter-me aliado a uma vilã da roça,

Rude, sem pretensões, criada na pobreza,
E não ter uma esposa oriunda da nobreza
Que me julga ralé, que me acha rude e inculto,
O nome que lhe dei uma afronta, um insulto,
E que vive a cismar que todo o meu dinheiro
Não paga a honra e o favor de eu ser-lhe o companheiro,
O diabo que me leve, estou em vaza funda;
Da história, não duvido, ainda sai barafunda.
Tornou-se minha casa um pandemônio interno,
A vida de meu lar um verdadeiro inferno;
E da manhã à tarde, em janeiro ou agosto,
Já lá não meto os pés sem ter algum desgosto.

Cena II

João Dandim, Lucas

João Dandim
(*à parte, vendo Lucas sair de sua casa*)
Que faz em minha casa o bruto?

Lucas
(*à parte*)
Eis um velhaco
Que está a me fitar.

João Dandim
(*à parte*)
Na cortesia é fraco;
Nem cumprimenta a gente.

LUCAS
(*à parte*)
      Espero que não vá
Dizer a alguém que viu como eu saí de lá.

JOÃO DANDIM
(*à parte*)
Vou falar com o sujeito.

LUCAS
(*à parte*)
    Algo de mau farejo.

JOÃO DANDIM
Bons dias!

LUCAS
Servidor.

JOÃO DANDIM
    Não sois do lugarejo?

LUCAS
Quem, eu? Não! Vim tão-só para assistir à feira
Que vamos ter aí segunda e terça-feira.

JOÃO DANDIM
Mas não vos vi sair — perdão de que ao fato aluda —
Daquela casa?

LUCAS
Quem, eu?

JOÃO DANDIM
Sim.

LUCAS
Por Deus, caluda!

JOÃO DANDIM
O quê?

LUCAS
Psiu!

JOÃO DANDIM
Mas por quê?

LUCAS
Silêncio, eu vos suplico!

JOÃO DANDIM
Mas qual é a razão?

LUCAS
Deveis calar o bico!

JOÃO DANDIM
Eu?

LUCAS
Não deveis contar, nem sequer a um defunto,
Que me vistes sair de lá.

JOÃO DANDIM
Por quê?

LUCAS
                            O assunto
É melindroso!

JOÃO DANDIM
Ah, sim?

LUCAS
        Não deve haver suspeita;
Ninguém nos ouve?

JOÃO DANDIM
Não.

LUCAS
        Não há ninguém a espreita?

JOÃO DANDIM
Tampouco.

LUCAS
É que eu falei à dona da vivenda,
Da parte de um galã que destarte desvenda

Molière

A paixão que por ela o rói; mas é premente
Ninguém saber daquilo. Ouvis?

João Dandim
                                        Perfeitamente.

Lucas
Por ser espertalhão é que eu ganhei o encargo;
Mas tive de jurar, prometer, sem embargo,
Que de maneira alguma eu faria a tolice
De permitir que alguém nesta ocasião me visse;
E vos imploro, pois, serdes discreto nisto
E não irdes contar que aí me tendes visto.

João Dandim
Não há perigo, não.

Lucas
        Folgo em ser tão finório
E ter gênio discreto e avesso ao palavrório;
Ninguém desconfiará; o mistério é perfeito,
E deve-se isso a mim.

João Dandim
Assim é que é bem feito.

Lucas
Disseram que o marido, o que a questão resume,
É um bruto, um grosseirão roído pelo ciúme.
E se ficasse a par desse episódio terno
Faria o diabo a quatro e um escarcéu do inferno.

João Dandim
Ah, sim?

Lucas
Não deverá desconfiar patavina
Do que se trama!

João Dandim
Não.

Lucas
É um mísero sovina
Que não quer que a mulher namore, compreendeste?

João Dandim
Sem dúvida!

Lucas
Merece o idiota um brinde destes.
Querem passar-lhe a perna, aos poucos, devagar;
Ouvistes?

João Dandim
Certamente.

Lucas
Havíeis de estragar,
Se fôsseis dar a língua, uma estupenda troça;
Entendeis?

JOÃO DANDIM
Como não!

LUCAS
                              Seria asneira grossa
De qualquer contratempo implantar-se a semente;
Não concordais comigo?

JOÃO DANDIM
                              Indiscutivelmente.
Mas quem é afinal esse D. João de marca
Que vos mandou lá dentro?

LUCAS
É um nobre da comarca;
Visconde Qualquer Coisa… é do Palácio membro;
Cli… Clo… é um nome, aliás, do qual jamais me lembro.

JOÃO DANDIM
Mora aqui perto?

LUCAS
Sim. Já sei, Sr. Clitandro!
A casa é lá no bosque…

JOÃO DANDIM
(à parte)
Ah, canalha! ah, malandro!
Foi, pois, essa a razão do mulherengo esperto
Ter vindo se alojar, há tempos, aqui perto;

E tive eu faro bom, faro ótimo! Pudera!
Tanta proximidade a mim logo me dera
Suspeitas do patife.

              LUCAS
                   Ah, que homem tão decente!
Só para eu ir dizer à bela o que ele sente,
Implorar-lhe a mercê de uma entrevista terna,
Jurar que lhe dedica uma paixão eterna
E que é tão forte o seu amor quão duradouro,
Sei eu lá o que mais, deu-me três peças de ouro!
Pagar-me tanto assim! Só quero que se diga
Se no mister havia a mínima fadiga
E se não devo mesmo estar de parabéns;
Pois geralmente ganho uns míseros vinténs
Quando, de sol a sol, algum arado empurro
E, com chuva ou calor, trabalho que nem burro.

            JOÃO DANDIM
E foi por vós cumprido o encargo do maricas?

              LUCAS
Claro que sim, e como! e que surpresas ricas!
Assim que eu lá cheguei, veio uma tal Claudina,
Uma marota alegre, e finória, e ladina!
Que achou graça na empresa e lhe pôs logo a proa,
Levando-me pra dentro ao quarto da patroa.

            JOÃO DANDIM
             (*à parte*)
Ah, criada infernal, maldita!

Molière

LUCAS

                                        Eu nunca tinha
Avistado a pequena, arre, que é bonitinha!
É um petisco, é um primor do beicinho à canela,
E, se ela me quiser, quero eu casar com ela.

JOÃO DANDIM
Mas que resposta deu a dama ao pretendente?

LUCAS
Disse p'ra lhe dizer que fosse bem prudente…
Sim, foi isso…

JOÃO DANDIM
E que mais?

LUCAS
        Eh, paciência um bocado!
Quero ver se me lembro, é meio complicado…
Disse estar lisonjeada e escutar com prazer
As juras de paixão que dele vim trazer;
E que aprecia o ardor que o galã patenteia;
Mas que terão de armar alguma fina teia
De intrigas, maquinar um bom estratagema
Por causa do marido – um respingão da gema –
Para poderem ver-se, a sós, sem que algo ponha
Obstáculo à entrevista.

JOÃO DANDIM
(*à parte*)
Ah, peste! ah, sem-vergonha!

LUCAS
Não vá acontecer nada que lhes impeça
Pregar ao pobre idiota uma tão boa peça.
Dele ainda se há de rir todo o pessoal da aldeia;
Nosso homem não terá disso a menor idéia
E, com todo o pavor que dia e noite o rói,
Na certa acabará corneado o nosso herói.
Não é verdade?

JOÃO DANDIM
É, sim!

LUCAS
Bom, a ninguém espio;
Vou me safar, adeus! Lembrai-vos, nem um pio!
Que o marido imbecil não vá saber de nada.

JOÃO DANDIM
Sei, sei.

LUCAS
Vou me fingir de alheio a essa embrulhada;
A mim não pegam, não! podeis disso estar certo,
Que dos espertalhões sou eu o mais esperto.

Cena III

JOÃO DANDIM
(*sozinho*)
Então vês, João Dandim, como a mulher te trata

E como pinta o sete a tal aristocrata!
Eis, pois, em que foi dar a formidável proeza
Do brilhante himeneu com dama da nobreza;
Estão a te arranjar, sabe Deus de que jeito,
E, com todo o desgosto ao qual estás sujeito,
Nem podes reagir, pois com mil embaraços
Lá surge a fidalguia a te amarrar os braços.
Do berço a condição igual ao menos deixa
Ao brio de um marido, além da simples queixa,
O luxo da desforra, quando ele se esturra
Contra a mulher patusca, é só dar-lhe uma surra.
Se fosse a minha agora uma reles campônia,
Já fácil era o caso e sem mais cerimônia
Podia eu lhe ensinar, com uma estrondosa tunda,
A ter-me algum respeito e a andar mais pudibunda.
Mas não, pobre imbecil! Foi tua fantasia
Meter-se na nobreza, e não mais te aprazia
Ser dono em tua casa; ah, marota atrevida!
Mereço o que lucrei, mas louco estou da vida!
Quisera só que alguém me desancasse a pau,
Por ter sido imbecil, burro, idiota, patau!
Pudera! Receber, sem que a bordoada o enxote,
O embaixador sandeu daquele fidalgote,
E prometer sem mais – cúmulo da impudência! –
Entreter com o galã sutil correspondência!
Mas não perco a ocasião, e, em vez de roer as unhas,
Corro a queixar-me aos pais; que fiquem testemunhas
Do quanto está a filha a encher-me de desgosto
E da triste aventura a que estarei exposto,
Se não agirem já. Mas ei-los justamente.

Cena IV

Sr. de Cascogrosso, Sra. de Cascogrosso, João Dandim

Sr. de Cascogrosso
Meu genro, ora essa! que há a vos pairar na mente?
Vejo uns sinais...

João Dandim
           Pois sim, razões tenho eu bastante,
E vou já...

Sra. de Cascogrosso
    Alto lá! Eh, meu genro, um instante!
Que modo descortês! que desaforo contra
O bom-tom! Quando a gente a alguém na rua encontra,
Cumprimenta, e depois a conversa entabola.

João Dandim
Minha sogra, é que eu tenho outro assunto na bola
De mais urgência, e quero...

Sra. de Cascogrosso
           Ainda! Isso não se atura!
Onde é que já se viu tão bruta criatura?
Que estupidez, meu genro! há meses vos corrigem,
Mas nunca vos lembrais de vossa baixa origem
Para enfim nos tratar com a civilidade
Devida a quem pertence a flor da sociedade!

João Dandim
Que nova história...

Sra. de Cascogrosso
Ah, céus! Que miolo tão chinfrim!
Homessa! Não haveis de compreender enfim
Até onde podeis ir e o que é vosso lugar?
Jamais poreis um termo a apelação vulgar
De sogra, e não chegou, meu genro, enfim a hora
De lembrar que deveis tratar-me de "senhora"?

João Dandim
Mas, quando a alguém tratais de genro, o tal não logra
A permissão também de vos tratar de sogra?

Sra. de Cascogrosso
Disso há muito a dizer, e é diferente o caso;
Se a sorte vos tornou meu genro por acaso,
Tão pouco isso ainda influi; por demais desentoa
O termo familiar nos lábios de um à-toa,
Fadado a ser ralé por muito que manobre,
Quando está a lidar com gente ilustre e nobre;
Meu genro, há diferença imensa entre nós dois;
E já deveis saber quem somos, e quem sois.

Sr. de Cascogrosso
Paciência, meu amor; basta já de alvoroço,
Pretendo ouvir...

Sra. de Cascogrosso
Meu Deus, sr. de Cascogrosso!

Nunca houve como vós ninguém tão indulgente,
E não sabeis obter, nem exigir, da gente
O que vos deve.

SR. DE CASCOGROSSO
Ah, não! Com vossa permissão,
Não há quem possa em tal dar-me a menor lição;
E cem vezes provei, durante a minha vida,
Por feitos de valor dos quais ninguém duvida,
Meu berço ilustre e o ser fidalgo, eu, do qual
A história ainda dirá ter sido sem igual
Para exigir a risca, ao povo tosco e bruto,
As marcas de humildade e o natural tributo
Que deve ao sangue azul. Porém, não é preciso,
No caso, dar-lhe mais do que um discreto aviso.
Vamos, meu genro, que é que assim vos incomoda?
Podeis falar, expondo o caso a vossa moda.

JOÃO DANDIM
Podendo então falar, sr. de Cascogrosso,
Eu tenho a vos dizer...

SR. DE CASCOGROSSO
Errastes, genro, em grosso.
Paciência, por mercê! deixai que eu vos informe;
Chamar com o nome a gente é desaforo enorme;
Quando, por muito favor, meros plebeus dirigem
A palavra a quem é de superior origem,
Devem dizer tão-só "senhor", e nada mais.

JOÃO DANDIM
Então, senhor, sem mais, já que assim o ordenais,
E que é preciso aí seguir vosso ditado,
Devo dizer que tem minha mulher estado
A me dar...

SR. DE CASCOGROSSO
Devagar! Ficai também ciente
De que é rude, impudente, insolente, e indecente
Dizer "minha mulher", falando de um rebento
Da fidalguia.

JOÃO DANDIM
O quê? de raiva ainda arrebento!
Minha mulher não é minha mulher, então?

SRA. DE CASCOGROSSO
Ela é vossa mulher, isso foge a questão;
Como se alguém jamais o houvesse desmentido!
Mas, pelo amor de Deus, deveis tomar sentido,
E compreender enfim que, a alguém de vossa espécie,
Forçoso é proibir que destarte se expresse:
"Minha mulher"! Tal qual tivésseis por consorte,
Em vez de uma fidalga, alguém de vossa sorte.

JOÃO DANDIM
(*à parte*)
Onde é que já se viu maior absurdo que este?
Ai, mísero Dandim, onde é que te metestes?

O marido da fidalga

(em voz alta)
Pois sim, tendes razão; mas, sendo urgente o tema,
Um instante olvidai vosso altíssimo estema,
E, sem mais reclamar contra o meu proceder,
Deixai-me, por mercê, falar como eu puder.
Tenho a dizer que estou, desse meu matrimônio,
Mui descontente…

Sr. de Cascogrosso
Ah, sim? Meu genro, com o demônio!
Qual a razão?

Sra. de Cascogrosso
O quê! Falardes desse jeito
De um himeneu do qual tivestes tal proveito?

João Dandim
Proveito? Eu tive algum proveito, porventura?
Creio que para vós, senhora, essa aventura
— Com vossa permissão — não foi tão má assim:
Serviu-vos muito mais do que serviu a mim,
Que estava, na ocasião, por todos atestado
O vosso patrimônio em lastimoso estado,
Prestes em pouco a ruir; e nos bastiões mais fracos
Meu ouro é que tapou as brechas e os buracos.
Porém eu, que lucrei, a não ser, por favor,
E por vós outorgada, a distinção de apor
A meu nome um anexo e de chamar-me em vez
De João Dandim, Sr. Dandim de Dandolez?

Sr. de Cascogrosso
Com a breca! Então em nada avaliais, genro nosso,
A imensa distinção da aliança Cascogrosso?

Sra. de Cascogrosso
E a união com a nobre estirpe Alvar-Castacorcunda
Da qual, graças a Deus, eu própria sou oriunda?
Linhagem muito ilustre, em que, sem empecilhos,
O ventre maternal também transmite aos filhos
O selo da natureza e o título lendário?
Um privilégio imenso, único, extraordinário!
Um privilégio tal, sem que mais se parole,
Que há de tornar fidalga e nobre a vossa prole!

João Dandim
Sim, para que a mercê da sorte não se esgote,
Se eu tiver um pimpolho, há de ser fidalgote
E de um barão terá o rótulo e os adornos;
Mas eu de adornos só terei um par de cornos,
Não se tomando já alguma providência.

Sr. de Cascogrosso
Que quer isso dizer? Meu genro, que impudência!

João Dandim
Perdão, de ouro não é, senhor, tudo o que brilha;
E quer isso dizer que vossa ilustre filha
Não vive como deve uma mulher viver,
E coisas faz que são contrárias ao dever.

O marido da fidalga

Sra. de Cascogrosso
Eh, meu genro, alto lá! Não somos para graças;
Pertence minha filha a mais leal das raças,
Imbuída por demais de brio e de virtude,
Pra jamais adotar a mínima atitude
Que fira as leis da honra e da moral. Já são
Três séculos na história ilustre da nação
Que, por graça de Deus, não se viu, nas fecundas,
Múltiplas gerações de Alvar-Castacorcundas,
Que uma só vez – em grau infinitesimal –
Uma única mulher se comportasse mal.

Sr. de Cascogrosso
Nem tampouco se viu que tentasse assolar
Uma única leviana o histórico solar
De Cascogrosso! E não é a intrepidez, – mil diachos! –
Na história familiar, mais inerente aos machos
Do que, graças a Deus, malgrado essas blasfêmias,
A virtude e o pudor o são também às fêmeas.

Sra. de Cascogrosso
Tivemos na família uma Ana Segismunda
Angelica Rachel de Alvar-Castacorcunda,
Que jamais aceitou a potencial herança
E o cobiçado amor de um duque, par de França.

Sr. de Cascogrosso
Houve uma Eulina Ondina Ignez de Cascogrosso
– Santíssima mulher! – da qual com honra eu posso,
Por ter no arquivo feito autêntico estudos,

Provar que rejeitou cinqüenta mil escudos
De um príncipe real, que lhe implorou, submisso,
De uma prosa o favor, sem nenhum compromisso.

João Dandim

De vossa filha, então, menos rijeza emana
E é, nas questões de amor, mais serviçal e humana:
Após casar comigo amansou-se bastante!

Sr. de Cascogrosso

Explicai-vos, meu genro; afirmo, não obstante
Sermos seus pais, que, errando ela uma vez sequer,
Nunca terá de mim, nem de minha mulher,
A mínima defesa, e serei o primeiro
A me tornar contra ela o vosso justiceiro.

Sra. de Cascogrosso

Será também da mãe dever que em juiz se erija;
Sou em matéria de honra intransigente e rija,
E qualquer má ação condeno com vigor,
Já que sempre a eduquei com o máximo rigor.

João Dandim

Só vos posso dizer que anda a rondar cá perto,
Teimando em namorar minha mulher, um certo
Visconde, um tal Clitandro, em impudência rico,
Um biltre, um sem-vergonha, a cujo namorico
Vossa preciosa filha atende sem pudor;
Mandou fazer-lhe, há pouco, o tal galanteador
Declarações cabais de seu fervor impuro,
Que ela acolheu mui bem.

O marido da fidalga

SRA. DE CASCOGROSSO
Valha-me Deus! Pois juro:
Fosse ela cometer algo de irregular
Contra a honra e o pundonor, corria a estrangular
Eu própria essa infeliz com minhas próprias mãos.

SR. DE CASCOGROSSO
Mil raios! Por meus pais juro e por meus irmãos;
Cismasse ela atentar a virtude e ao respeito,
Corria a atravessar-lhe a espada pelo peito,
A ela e ao corruptor, sem clemência e sem dó.

JOÃO DANDIM
Disse-vos o que eu sei, e é tudo. Quis tão-só
Instruir-vos e exigir satisfação do ultraje.

SR. DE CASCOGROSSO
Fizestes muito bem. Vereis como reage
O brio fidalgal contra qualquer desfeita;
Ide, meu genro, em paz; justiça há de ser feita;
E fosse o próprio rei o autor de tal afronta,
Iria eu sem temor ajustar com ele a conta.
Mas dizei-me: estareis tão certo assim daquilo?

JOÃO DANDIM
Certíssimo!

SR. DE CASCOGROSSO
Ainda bem, vereis como aniquilo
O biltre. E podereis sustentar a pendência?

João Dandim
Sem dúvida!

Sr. de Cascogrosso
É preciso agirmos com prudência;
Muita prudência! O caso é melindroso algo,
Visto ele ser fidalgo, e eu ser também fidalgo;
E, para o vosso bem, ainda uma vez realço
Que não se trata aí de dar um passo em falso.

João Dandim
Mas tudo o que eu vos disse, é só verdade pura.

Sr. de Cascogrosso
(*à Sra. de Cascogrosso*)
Bom, vamos ver, meu bem, se a coisa então se apura.
Falai com vossa filha, a ver o que responde,
Enquanto iremos nós falar ao tal visconde.

Sra. de Cascogrosso
Será possível, filho, ela assim refutar
A base de moral e o instinto salutar
De honra e de pundonor que, com tão grande esmero,
Tentamos lhe inculcar? e que já baste um mero
Aceno de um galã para ela se perder?
Sabendo ela o que foi da mãe o proceder
E que lhe dei na vida o exemplo mais prudente?

Sr. de Cascogrosso
Paciência! Vamos pôr às claras o incidente.

Vamos, genro, e deixai de queixas e lamúrias;
Vereis como repele um nobre tais injúrias;
E somos gente a quem nem o diabo amedronta
Quando alguém da família é objeto de uma afronta.

João Dandim
Estimo ouvir; aliás, todo altivo e casquilho,
Lá vem se aproximando aquele peralvilho.

Cena V

Sr. de Cascogrosso, Clitandro, João Dandim

Sr. de Cascogrosso
Senhor, sabeis quem sou?

Clitandro
Ignoro-o, meu senhor.

Sr. de cascogrosso
De autêntica nobreza o meu nome é penhor;
Sabem quem sou na Corte; enfim, sou o barão
Gil Braz de Cascogrosso, hoje o último varão
Da ilustre raça.

Clitandro
Estimo imenso.

Sr. de Cascogrosso
Quando moço,

Molière

Eu tive a distinção do convite a um almoço
Ao qual compareceu Sua Alteza o Regente.

Clitandro
Estais de parabéns.

Sr. de Cascogrosso
                  Teve a glória fulgente
Meu pai, Barão Raul Heitor de Cascogrosso,
No ano vinte e três, de estar, em carne e osso,
Presente ao grande ataque ao Forte Cabedelo,
Em que feriu o pé.

Clitandro
      Folgo imenso em sabê-lo.

Sr. de Cascogrosso
Tive um tataravô, o ilustre, venerando
Francisco Henrique Heitor Philipe Artur Orlando
De Cascogrosso, ao qual, em Mans, na retaguarda,
Um projétil mortal quase arrancou a farda.

Clitandro
A honra é toda minha.

Sr. de Cascogrosso
            Aí correm rumores
De estardes molestando, e a perseguir de amores,
Uma jovem beldade, a qual, senhor visconde,
Sob nome assaz vulgar o ilustre berço esconde;

Pois ela é minha filha – enfim vô-lo revelo –
Que possui meu carinho e paternal desvelo,
Como este homem também, que a honra tem de ser
Meu próprio genro; e cumpro apenas meu dever
Rogando a Vossa Graça esclarecer o fato.

Clitandro
Esclarecer o quê? Vedes-me estupefato
Do que ouço?

Sr. de Cascogrosso
        Não admira; aguardo justamente
Desta conversa a luz.

Clitandro
        Mas quem foi o demente
Capaz de imaginar tão singular conteúdo!
Para que essa história?

Sr. de Cascogrosso
        Alguém que diz saber de tudo,
E logo me informou.

Clitandro
        Mentiu, pois, esse alguém.
Perdão, senhor barão, eu sou homem de bem!
Acaso, e sem fazer de mim nenhum alarde,
Tendes-me por capaz de uma ação tão covarde?
Calúnias infernais, que o peito me comovem!
Como! Eu me apaixonar por uma bela jovem

Que é filha do excelente, impávido barão
Gil Braz de Cascogrosso? Um nome que é clarão
No céu da fidalguia? Humildemente observo
Ser demais vosso amigo, admirador e servo;
E afirmo sem temor ser o autor do alvoroto
Um patife, um velhaco, um tratante, um maroto!

>> Sr. de Cascogrosso
>> *(a João Dandim)*

Respondei!

>> João Dandim
>> Respondei vós mesmo.

>> Clitandro
>> Ah, que canalha!

Soubesse eu quem será, e havia, Deus me valha,
De enfiar-lhe mesmo aí a espada na barriga!

>> Sr. de Cascogrosso
>> *(a João Dandim)*

A sustentar a história o insulto vos obriga.

>> João Dandim

Sustento, como não! Por Deus, é verdadeira!

>> Clitandro

Será o vosso genro o autor da brincadeira?

>> Sr. de Cascogrosso

Foi ele mesmo, sim. Pôs-me de tudo a par.

CLITANDRO
Fosse outro, e ao meu furor não lograva escapar.
Pode ele agradecer ao destino a vantagem
Que tem de pertencer a vossa alta linhagem;
Ou não resistiria aos brios que me comem,
Ensinando-o a falar tão mal de um gentil-homem.

Cena VI

Sr. de Cascogrosso, Sra. de Cascogrosso,
Angélica, Clitandro, João Dandim, Claudina

Sra. de Cascogrosso
É interessante o ciúme, além de ser vulgar;
Cá trago a minha filha, a fim de se julgar
O absurdo da suspeita em frente a todos nós.

CLITANDRO
(*a Angélica*)
Perdão, minha senhora, acaso fostes vós
Dizer que vos dedico amor? que se interessa
Por vós meu coração?

Angélica
Como, eu? Que idéia! Ora essa!
E como é que o diria? Acaso é verdadeiro?
Eu bem quisera ver, estardes, cavalheiro,
Por mim apaixonado! Exibi vosso zelo,
Demonstrai vosso ardor, imploro-vos fazê-lo!

E logo entendereis se admito que me ultrajem!
Por que é que ainda hesitais? Tomai, senhor, coragem?
Devíeis adotar, em tão ousada empresa,
As tramas mais sutis pra conquistar a presa;
Com vinte precauções, de medo de acidentes,
Timbrar em remeter-me epístolas ardentes;
E tentar, para ver, mandar-me às escondidas,
Com mimos de valor, pessoas entendidas.
Por que não descobrir, medida elementar,
As horas em que o meu marido se ausentar?
Ou, quando eu, com minha aia, estiver a passeio,
Por que não vir falar comigo e, sem receio,
Expor toda a paixão que em vosso peito impera?
Coragem, é só vir; estou a vossa espera!
E juro que tereis a recepção devida,
Que lembrareis, senhor, durante toda a vida.

CLITANDRO
Calma, nobre senhora! Oh, calma! Devagar!
É supérfluo, o sermão; permitis-me indagar
Por que estais tão zangada? Ora essa! quem vos disse
Que eu cismo em vos amar.

ANGÉLICA
Sei eu lá que doidice
A gente conta aí!

CLITANDRO
Pois conte o que quiser;
Sabeis se vos causei jamais um desprazer

E se, uma vez sequer, vos falei num sentido
Que demonstrasse amor.

      ANGÉLICA
      Não, mas teríeis tido
Ótima recepção.

      CLITANDRO
      Pois vos juro, assevero,
Não ser merecedor de trato tão severo;
Eu muito vos respeito e a vossos nobres pais,
E não praticaria a ação que me imputais.
Formosa dama, ah! sois tão fidalga e altaneira,
Que insensatez seria, absurdo, crime, asneira,
Ter-vos amor!

      SRA. DE CASCOGROSSO
     Então, meu genro! Ouvis? Mas onde
Imaginastes tal?

      SR. DE CASCOGROSSO
      Deu o senhor visconde
Plena satisfação sobre o total dos pontos;
E que dizeis agora?

      JOÃO DANDIM
      Eu digo que são contos
Para dormir de pé; que eu bem sei o que eu sei;
Que nada acrescentei, e nada disfarcei;
E, para terminar, que ainda hoje a relaxada
Recebeu do janota uma ardente embaixada.

ANGÉLICA
Uma embaixada, eu? Minha Nossa Senhora!

CLITANDRO
Insinuais que eu mandei?…

JOÃO DANDIM
Não faz ainda uma hora.

ANGÉLICA
Deus Santo! Uma embaixada!

CLITANDRO
Isso então se acredita?

ANGÉLICA
(*a Claudina*)
Claudina!

CLITANDRO
(*a Claudina*)
Dize-o tu!

CLAUDINA
Que maldade inaudita!
Misericórdia! Eu nunca ouvi tal desacerto!

JOÃO DANDIM
Cala-te, peste que és. Trabalhas de concerto
No embrulho, e foste tu, com teu modo brejeiro,
Quem nos introduziu em casa o mensageiro.

CLAUDINA
Eu?

JOÃO DANDIM
Não te faças de anjo.

CLAUDINA
Eu?

JOÃO DANDIM
Sim, tu mesma, sim!

CLAUDINA
(*desandando em choro*)
Ai! Como o mundo é mau pra suspeitar assim
Duma inocente! Apelo aos céus, ao universo!
Tão inocente sou como ao deixar o berço!

JOÃO DANDIM
Safa-te, sem-vergonha; é por medo do embrulho
Que finges de santinha e fazes tal barulho.
Mas não me iludes, não; conheço-te bastante,
E não ignoro que és grandíssima tratante.

CLAUDINA
(*a Angélica*)
Senhora...

JOÃO DANDIM
Cala o bico, ouviste? Esse baluarte
Já não serve, o melhor será acautelar-te;

Molière

No caso não és tu quem me aperta o sapato,
Mas poderás pagar pela fidalga o pato;
Pois tu, graças a Deus, não tens pai gentil-homem.

Angélica

Minha mãe, que impostura! É o choque tão violento
Da infame acusação, que a força perco e o alento
Para a defesa; ah, Céus! Como é triste e espantoso
Ver-me acusada assim, e pelo próprio esposo!
Eu, que jamais lhe fiz algo que não se deva
E sempre fui das mais virtuosas filhas de Eva!
E, não obstante, ter de ouvir ultrajes tais,
Quando meu crime foi tratá-lo bem demais!

Claudina

Pobre anjo, tem razão.

Angélica

                    Provém o seu acesso
Da consideração que lhe tenho em excesso;
Prouvera a Deus ser eu capaz, como ele diz,
De aceitar outro afeto, e menos infeliz
Seria a minha sina! Adeus, em pranto parto;
Vou com meu dissabor trancar-me a sós no quarto,
A ver se no meu peito alivio os singultos,
Pois não tolero mais tão bárbaros insultos!

Cena VII

SR. DE CASCOGROSSO, SRA. DE CASCOGROSSO,
CLITANDRO, JOÃO DANDIM, CLAUDINA

SRA. DE CASCOGROSSO
(*a João Dandim*)
Meu genro! o próprio céu vos verbera a atitude!
Pobre de minha filha, é um anjo de virtude,
E não sois digno, não, dessa mulher de bem.

CLAUDINA
Que peste este homem é! Nem um anjo o detém.
É um monstro, um Barba-Azul! pois minha ama devia
Fazer o que ele diz! se fosse eu, não havia
De vacilar!
(*a Clitandro*)
Senhor Visconde, eu vos instigo
A nos vingar, por Deus! dai-lhe o justo castigo;
Sim, namorai minha ama, há de ser obra pia,
Pois tão-só desse jeito ele a maldade expia;
E já que mo apontou, também eu estou pronta
A vos servir em tudo, em quitação da afronta.
(*Claudina sai*)

SR. DE CASCOGROSSO
(*a João Dandim*)
Mil raios! Mereceis, sem que mais se discuta,
Os desaforos dela; e impõe vossa conduta,
A todos nós repulsa, indignação, revolta.

SRA. DE CASCOGROSSO
Sim, do que se semeia, é que se faz recolta.
Que vos deixe a lição o salutar receio
De inda ultrajar a quem surgiu de um nobre seio;
E convém, doravante, estardes de atalaia,
Pra não mais cometer absurdos dessa laia.

JOÃO DANDIM
(*à parte*)
Fiquei feito imbecil, de ódio ainda perco a fala!
E minha acusação! Conseguem abafá-la
Quando estou com a verdade, a justiça e a razão!

Cena VIII

SR. DE CASCOGROSSO, CLITANDRO, JOÃO DANDIM

CLITANDRO
(*ao sr. de Cascogrosso*)
Senhor, já que possuis um título e um brasão,
Sabeis dos casos de honra o código mais rijo;
E, como fui em falso hoje acusado, exijo
Satisfação cabal de uma afronta inaudita.

SR. DE CASCOGROSSO
Tendes razão; aliás, a regra assim o dita.
Meu genro, vinde dar satisfação do insulto
Ao nobre cavalheiro.

João Dandim
Eu?

Sr. de Cascogrosso
Sim. Não vos consulto;
Ordeno-vos, por ser da acusação em falso
Justa reparação.

João Dandim
Por esse pé não calço.
Sei o que penso e não concordo em absoluto
Em que em falso o acusei.

Sr. de Cascogrosso
O ponto não discuto,
E não me importa, a mim, se dúvidas vos mordem;
Tereis de honrar a praxe e prosseguir por ordem.
Negou o cavalheiro: é um proceder perfeito;
Vossa honra está a salvo, e não se tem direito
Nenhum de queixa contra alguém que se desdiz.

João Dandim
Em questões de honra, então, sou um mero aprendiz
E da nobre lição, grato eu vos felicito;
Se os apanhasse até em flagrante delito,
Paciência! Para quem vos partilha a opinião,
Bastaria o galã asseverar que não.

Sr. de Cascogrosso
Dispenso o raciocínio e não ando a procura
De discussões. Pedi perdão!

JOÃO DANDIM
Mas que loucura!
Pedir perdão, após…

SR. DE CASCOGROSSO
Vamos, e com despacho!
Não podereis fazer um gesto indigno ou baixo
Ou que não for devido, enquanto aí vos guia,
Com o secular valor, o escol da fidalguia.

JOÃO DANDIM
Não posso, não…

SR. DE CASCOGROSSO
(*ameaçando*)
Por Deus! Cumpri vosso dever.
Não me ponhais, meu genro, a bílis a ferver,
Ou viro eu contra vós! Então, senhor Dandim!
Deixai-vos governar em tais questões por mim.

JOÃO DANDIM
(*à parte*)
Ah, que raiva!

SR. DE CASCOGROSSO
O chapéu na mão, tão logo, pois
É fidalgo o senhor visconde e não o sois.

JOÃO DANDIM
(*à parte, de chapéu na mão*)
Estouro!

O marido da fidalga

Sr. de Cascogrosso
Repeti, mas antes que eu estronde,
O que eu disser: Senhor...

João Dandim
Senhor...

Sr. de Cascogrosso
Senhor visconde,
Foi meu erro infeliz...

João Dandim
Foi meu erro infeliz...

Sr. de Cascogrosso
Deploro o juízo ingrato e mau que de vós fiz.

João Dandim
Deploro o ter de vós feito esse juízo ingrato.

Sr. de Cascogrosso
É que eu não vos sabia ainda o valor inato.

João Dandim
É porque eu ainda não vos sabia o valor.

Sr. de Cascogrosso
Mas de hoje em diante sou vosso fiel servidor.

João Dandim
Quereis então me ver de brio tão desnudo
Que eu seja servidor de quem me faz cornudo?

Molière

Sr. de Cascogrosso
(*ameaçando novamente*)

Eh, lá!

Clitandro
(*ao sr. de Cascogrosso*)
Basta, senhor, basta a preliminar.

Sr. de Cascogrosso
Não! Há de ir pela regra e deve terminar.

(*a João Dandim*)
Vamos, e sem delonga; então! falai!

João Dandim
Não posso...

Sr. de Cascogrosso
Vamos, vos digo! E sou humilde servo vosso.

João Dandim
Sou vosso humilde servo.

Sr. de Cascogrosso
Até que enfim!

Clitandro
(*a João Dandim*)

Eu sou
O vosso, e já não lembro o que aí se passou.

O MARIDO DA FIDALGA

(*ao sr. de Cascogrosso*)
De vós, senhor barão, despeço-me e lamento
Imenso o terdes tido esse aborrecimento.

SR. DE CASCOGROSSO
A Vossa Graça beijo encarecido a mão;
Honrai-me vindo um dia a pesca do salmão,
Ou, se vos aprouver outro ato que celebre
Tão auspicioso encontro, a uma caçada a lebre

CLITANDRO
É graça demasiada.

SR. DE CASCOGROSSO
Ora, senhor visconde,
É uma honra para mim! eu rogo-vos, disponde
De um vosso servidor.
(*Clitandro sai*)
(*a João Dandim*)
Eis, meu genro, a maneira
Da gente proceder: cortes, firme e altaneira.
Sabei que numa estirpe entrastes que, destarte,
Sempre sustentará de vossa honra o estandarte,
E que também jamais – qualquer que seja a fonte –
Permitirá que alguém vos ultraje ou afronte.

Cena IX

João Dandim,
(*sozinho*)
Quiseste-o, João Dandim, foste, tu que o quiseste:
Merece tal desfecho a asneira que fizeste
E te orna muito bem essa aflição tardia!
Mas não, não pode ser! há de chegar meu dia;
É só livrar os pais da presunção fatal,
E queira Deus que em breve ache ocasião pra tal.

SEGUNDO ATO

Cena I

Claudina, Lucas

Claudina
Sim, bem o adivinhei, sem que eu seja adivinha,
Que de ti, só de ti, esse embrulho provinha;
E que o disseste a alguém que, com toda a presteza,
Depois de te escutar a brilhante esperteza,
Contou tudo ao patrão. Fizeste, homem, das tuas!

Lucas
Mas juro-te ter dito apenas umas duas
Palavras a um sujeito, o qual, naquele instante,
Lá passava e me viu, a fim de que o tratante
Não o contasse a alguém e com a arte não bulisse;
Mas deve a gente aí ser de uma garrulice
Que me deixa espantado.

Claudina
É pouco lisonjeiro,
Para o bom senso dele, o fino mensageiro

Que o tal nobre escolheu; e foi servir-se lá
De um homem que tem sorte.

      Lucas
    Outra vez…

      Claudina
            Oxalá
Seja a última!

      Lucas
    Outra vez…

     Claudina
    Farás boa figura!

      Lucas
Mas outra vez terei mais cautela e finura;
Juro…

      Claudina
   Será em tempo; ah, cabecinha astuta!

      Lucas
Falemos de outra coisa; aí, Claudina, escuta!

      Claudina
Que queres que eu escute?

      Lucas
   Olha cá um bocado.

CLAUDINA

E então?

LUCAS
Claudina!

CLAUDINA
Que é?

LUCAS
Deixas-me tresloucado!

CLAUDINA

Por quê?

LUCAS
Não sabes?

CLAUDINA
Não.

LUCAS
Caí, por ti, com a breca!

CLAUDINA

Deveras?

LUCAS
Sim, senhor! Quero virar careca.
Se não for a verdade; ao perceber-te, freme
Minha alma que nem gato espiando leite ou creme.

Molière

Claudina
Então é mesmo amor.

Lucas
          Não sei como não morro
Ainda hoje de paixão.

Claudina
          Tanto melhor.

Lucas
                        Escorro
Como manteiga ao sol quando olho para ti.

Claudina
Que coisa interessante.

Lucas
          É fato; reparti
Meu coração em dois, sendo um pedaço teu.

Claudina
Agradeço o presente.

Lucas
          O mal me acometeu
Assim que te encarei; e passo por cem fases
De amorosa aflição.

Claudina
                    Que bom!

O marido da fidalga

Lucas
Como é que fazes,
Seres bonita assim?

Claudina
Faço como as demais!

Lucas
Pra se virar casal, bastam dois animais;
Se me quiseres, ai! também não fico atrás;
Ter-te-ei pra mulherzinha, e logo me terás
Pra maridinho, sim?

Claudina
Mas talvez te acostumes,
Depois do casamento, a desandar nos ciúmes,
Como o faz meu patrão; isso é que é ser jumento!
Odeio, quanto a mim, todo homem que é ciumento;
Quero um marido bom, um ao qual nada assuste,
Que não viva a cismar num conjugal embuste,
De minha castidade adorador e cheio,
Tão cheio em mim de fé, que possa sem receio,
Sem chilique e clamor, sem ânsia e desarranjos,
Ver-me no meio até de uns cinqüenta marmanjos.

Lucas
Pois eu serei assim.

Claudina
É grande estupidez
Desconfiar da mulher e atormentá-la, em vez

De ter fé e confiança em seu portar; aliás,
Dos métodos em bloco, é mesmo o mais falaz,
Não há o que lucrar com estupidez tamanha;
Faz-nos pensar no mal e já por simples manha
Queremos nos vingar; quase sempre é o marido,
Com ciúme inoportuno e estúpido alarido,
Que a própria humilhação pleiteia e o dissabor,
E faz de si o que é.

Lucas
Benzinho, anjinho, amor,
Gracinha, belezinha: eu te juro, eu te digo,
Que poderás fazer, casando-te comigo,
Tudo o que te aprouver, que for do teu agrado!

Claudina
Eis como deve agir quem não quer ser logrado.
Quando um homem de bem em nossas mãos se entrega
Evita de antemão toda e qualquer refrega;
E quanto menos for tirânico e exigente,
Tanto mais se fará o que se faz com a gente
Que às nossas ordens põe a bolsa e o seu conteúdo;
Por ser uma vergonha apropriarmos tudo,
Lá ficará intacta a maior parte do ouro.
Mas, quando um respingão oculta seu tesouro,
A injusta desconfiança à raiva nos impele
E com todo o prazer lhe tosquiamos a pele.

Lucas
Pois eu serei dos tais que abrem sempre a carteira;
E podes me esposar com segurança inteira.

CLAUDINA

Então veremos.

LUCAS

Bom! Chega-te cá mais perto.

CLAUDINA

Pra quê?

LUCAS

Vem cá.

CLAUDINA

Eh, lá! És por demais esperto.
Afasta-te daí.

LUCAS

Que é isso, não me abraças?
E dizes ter-me amor?

CLAUDINA

Não sou para essas graças.

LUCAS

Ora essa, mas por quê?

CLAUDINA

Porque não quero, então!

LUCAS

Tem juízo, filha, sim? não me achas bonitão?

Claudina
De longe, pode ser.

Lucas
               Nem um beijinho empatas?
Que diacho!

Claudina
Não, senhor.

Lucas
                     Vem cá!

Claudina
Arreda as patas!

Lucas
Chi! mas que rispidez! Como és má para a gente!
Ser tão desaforada, u'a moça inteligente,
Esperta como tu! Deixa-te lá de prosa;
Não tens vergonha, então? Seres assim formosa,
Teu colo uma atração, teu beiço um chamariz,
Sem permitir... Ai! Ai!

Claudina
              Dar-te-ei sobre o nariz

Lucas
Ui! como és fera! Então não gostas de teu Lucas?

Claudina

Já disse que assim não.

Lucas

    As saias são malucas!
Um beijo só!

Claudina
    Nenhum.

Lucas
    Boba, que te retém
De me dar um prazer que não custa um vintém?

Claudina
Deves mostrar paciência.

Lucas
    Há de ser pagamento,
Por conta, a deduzir do nosso casamento;
Dou quitação no altar.

Claudina
    Sim, nessa eu já caí.
Basta de discutir; afasta-te daí,
E diz a teu patrão que hei de entregar a risca
O bilhete a quem diz.

Lucas
    Nem petisquei a isca!

Molière

Claudina
Mas engasgaste; adeus!

Lucas
Meu coração rebenta.

Claudina
Rebente, pois.

Lucas
Adeus, beldade rabugenta!

Claudina
Já se vê, é gracioso o rótulo e bonito.

Lucas
Adeus, alma de pau, coração de granito!
Bloco de aço inumano, estátua de marfim,
Pedra, rochedo, e tudo o que de duro enfim
No mundo existe!

Claudina
(*sozinha*)
E adeus. Por mim, vou sem demora
Entregar à minha ama a carta que a namora;
Será grato o mister. Mas ei-la com o marido;
Deve o recado, pois, ser algo deferido;
Terei de me afastar até que esteja a sós.

Cena II

João Dandim, Angélica

João Dandim
Ninguém me engana assim. Não, não, senhora, após
A informação que eu tive, estou a par de tudo;
E que ela é certa, eu sei sem mais profundo estudo;
Enxergo muito bem, e a mim já não me embrulha,
Como ao vosso papá, toda a virtuosa bulha
A que hoje eu assisti; certificai-vos disso!

Cena III

Clitandro, Angélica, João Dandim

Clitandro
(*à parte, no fundo do palco*)
Vem com o marido aí; nem assim desperdiço
Essa grata ocasião.

João Dandim
(*sem ver Clitandro*)
São claros os sinais.
Não sou tão imbecil, eu, como o imaginais;
E bem vi, através de todas as caretas,
De vossa hipocrisia as tramas indiscretas
E a falta de respeito a um laço que, malgrado
A fidalguia toda, é um vínculo sagrado.

Molière

(*Clitandro e Angélica se cumprimentam*)
Dispenso a reverência, e não é dessa espécie
O respeito em questão; Vossa graça é que esquece
Que nada há para rir; e são artes estranhas
O estardes a juntar escárnios às patranhas!

Angélica
Rir-me de vós, quem, eu? mas de maneira alguma!

João Dandim
Sei ler na vossa mente e conheço...
(*Clitandro e Angélica tornam a cumprimentar-se*)
Ah, mais uma!
Basta de mofa! Eu sei que sou a vosso ver
Lixo, escória, ralé, indigno de viver;
E vós uma princesa unida a um vil mendigo;
Mas não me toca a mim aquilo que vos digo;
Refiro-me somente ao respeito integral
Que toda alma de bem deve ao nó conjugal.
Se estais a rejeitá-lo, eu, que não o rejeito,
Torno a insistir...
(*Angélica faz sinais a Clitandro*)
Com a breca! É indecente o trejeito;
Não estou a dizer nenhumas patetices,
E não vejo a razão de tantas macaquices.

Angélica
Mas quem pensa em fazer trejeitos?

João Dandim
Vejo claro!
Mais uma vez vos digo, assevero e declaro,
Que é todo matrimônio um laço forte e estreito,
Ao qual a gente deve o máximo respeito;
E que é uma vergonha agirdes da maneira
Como o estais a fazer.
(Angélica acena com a cabeça para Clitandro)
Basta de brincadeira!
Faz vosso proceder com que a gente enrubesça…
(Angélica torna a acenar)
Sim, sim, e não adianta abanar a cabeça
E estardes a fazer tão bela carantonha;
Eu torno a repetir que é falta de vergonha.

Angélica
Carantonha, eu? nem sei do que estais a falar.

João Dandim
Melhor, pois, o sei eu; e é coisa singular
O estardes empenhada em fazer tanta troça
De um homem, só porque seu berço foi na roça.
Se fidalgo eu não sou, autêntico ou pretenso,
Nada há que se reprove à raça a que pertenço,
Da qual até me orgulho, e o nome de Dandim…

Clitandro
(por detrás de Angélica e sem ser visto por João Dandim)
Concedei-me um instante apenas, no jardim.

João Dandim
(*sem ver Clitandro*)

Que foi?

Angélica

Nada.

(*João Dandim vira ao redor da mulher e Clitandro se retira fazendo um cumprimento exagerado a João Dandim*)

Cena IV

João Dandim, Angélica

João Dandim
Outra vez! Sempre ele aí caminha
E vos rodeia...

Angélica
E então? Acaso é culpa minha?
Que pretendeis que eu faça?

João Dandim
Aquilo que faria
Toda mulher avessa a tal patifaria;
Toda mulher que almeja agradar tão-somente
Ao próprio esposo e a mais ninguém. Não se desmente
Não haver um galã no sul, norte, oeste, ou leste,
Que tente importunar, que persiga ou moleste

O marido da fidalga

A quem não quer; o modo adocicado chama
A um homem como o mel à mosca, ou como a flama
Que vacila e reluz na sombra a mariposa;
Mas toda saia honesta, ainda mais sendo esposa,
Vendo um galanteador — sem bulha e sem sermão —
Pelo jeito o repele e afasta de antemão.

Angélica
Afastá-lo, e por quê? Nada me escandaliza
Que me achem sedutora, a tez rosada e lisa,
Esguias minhas mãos, sedoso o meu cabelo
E ardente o meu olhar. Pois, se quereis sabê-lo,
Agrada-me tal juízo e me enche de prazer!

João Dandim
Sim, sim, mas vosso esposo? ele que há de fazer
Durante o namorico — é só o que pergunto
E que papel enfim lhe cabe nesse assunto?

Angélica
O de um homem de bem, que, grato da conquista,
Folga em ver sua esposa apreciada e benquista.

João Dandim
Folga em ver sua esposa... Isso é escarnecer,
E sou vosso criado; outro é meu parecer,
Não estando os Dandins afeitos a tal moda.

Angélica
Afeitos sim ou não, tampouco me incomoda.

Molière

Arrumem-se os Dandins! Mas de mim não sois dono,
E afirmo que não vou anuir ao abandono
Do mundo e me enterrar em vida num marido;
O quê! Só por nos ter um homem adquirido
Na feira pré-nupcial, será mesmo obrigado
O viver só para ele, e cabe-nos, malgrado
A juventude em flor e os ânimos ferventes,
Romper as relações com o mundo dos viventes?
São mesmo de admirar esses nossos senhores,
Que têm a pretensão de se instituir censores
De nossos corações; de nos trancar a porta
Do mundo, e de exigir que a gente esteja morta
A tudo o que há de bom, para viver apenas
Num cárcere nupcial de amargura e de penas.
Mas sou de outra opinião, aprovem, não aprovem;
E, juro desde já, não vou morrer tão jovem!

João Dandim
É desse modo então, de espírito insubmisso,
Que estais a escarnecer do santo compromisso
Que assumistes perante a sociedade e Deus?

Angélica
Que perante isso e aquilo assumiu? Ora, adeus!
Não o fiz de bom grado e anulo a debentura
Que me foi arrancada; é o auge! Porventura
Tentastes vós saber, antes do casamento,
Se também eu vos dava o meu consentimento?
Lembrastes-vos jamais de que eu talvez teria
Recusado aceitar, na nupcial loteria,

Tão triste prêmio? Não! Tratastes com meus pais;
Foram, pois, dessa união, fatores principais,
E vos diga, afinal, o entendimento tosco
Terem – em vez de mim – casado eles convosco.
Que estejam eles, pois, hoje ao vosso dispor,
E ide queixar-vos lá de qualquer dissabor
Que acaso sofrereis; mas, se eu vos der azar,
Lembrai-vos, não fui eu quem pediu pra casar
Convosco, não e não! De modo algum projeto
Curvar-me como escrava e num receio abjeto
A vossa tirania, e tudo me convida
A me livrar do jugo e aproveitar a vida;
E para não me expor a lástimas tardias,
Pretendo desde já gozar meus belos dias,
Da liberdade o doce ardor, e sem limite,
Todas as diversões que a idade me permite;
Enfim, fruir qualquer prazer a meu talante;
E já que não me assusta o amor leve e galante,
Antes que o juvenil frescor em mim caduque,
Pretendo namorar, seja a um marquês ou duque,
Seja a um conde ou barão, conforme me agradar!

João Dandim
É dessa espécie então o vosso paladar?
É cinismo indecente, e vos digo outrossim
Que sou vosso marido, e não o entendo assim.

Angélica
Pois eu declaro, afirmo, e continuo mantendo,
Que sou vossa mulher, e que assim mesmo o entendo.

MOLIÈRE

João Dandim
(*à parte*)
Infernos mil! que a parta o raio! Estou tentando
Acometer contra ela o mais justo atentado
E a lhe mostrar quem é um reles João Dandim,
Pondo-lhe com um bom soco o semblante em pudim;
Que, enquanto ela viver, nenhum beliz mais possa
Cair pela patusca; a cólera se apossa
De mim! Por minha vida! isso acaba em pancada,
E, já que não convém deixá-la desancada,
Abandono o lugar.

Cena V

Angélica, Claudina

Claudina
Senhora, eu tinha pressa
Que ele se fosse, a fim de vos fazer remessa
Deste bilhete aí; na certa adivinhais
Já quem é seu autor.

Angélica
Dá cá, filha,
(*lê baixinho*)

Claudina
(*à parte*)
                            Os sinais

Estão a me indicar que pouco se amofina
A bela com a leitura.

>   ANGÉLICA
>   Ah, como é nobre e fina,
> Claudina, esta cartinha; e que doce emoção
> Produz em mim! como é distinta, como são
> Os cortesãos reais uma insinuante raça;
> E como é, ao invés, inculta, rude e crassa
> A gente da província!

>   CLAUDINA
>   É lógico, e direi
> Que, após haverdes visto a quem lidou com o rei,
> A espécie dos Dandins, que aliás ninguém lastima,
> Há de cair uns graus a mais em vossa estima.

>   ANGÉLICA
> Fica, Claudina, aí, à espera, enquanto apronto
> A resposta à missiva.

>   CLAUDINA
>   (*sozinha*)
>   Até já. Não lhe aponto
> Que a faça de agradar, por ser desnecessário.
> Lá vem vindo...

Cena VI

CLITANDRO, LUCAS, CLAUDINA

CLAUDINA
Ah, perdão! Mas que fino emissário,
Senhor, enviastes cá!

CLITANDRO
Não tive outro remédio,
Já que nem mesmo ousei servir-me do intermédio
De um meu criado, e é raro, assim, que a gente acerte;
Mas olha aí, Claudina, eu quero agradecer-te
O teres-me ajudado; estimei ver-te o juízo,
E te quero mostrar…

(*procura no bolso*)

CLAUDINA
(*estendendo a mão*)
Não, não! Não é preciso!
Senhor, eu não aceito o dom do ouro profano!
O que fiz, fiz por gosto, e por demais me ufano
De estar servindo a quem o merece em excesso,
E por quem, sem favor, no coração professo
Humilde admiração.

CLITANDRO
(*dando o dinheiro a Claudina*)
Grato da gentileza;
Dela hei de me lembrar.

Lucas
(a Claudina)
Passa isso cá, beleza!
Já que te esposarei, será mais indicado
Guardar eu o pecúlio.

Claudina
Espera ainda um bocado!
Bem querias ficar que nem rato no queijo,
Mas guardá-lo-ei melhor, tal qual te guardo o beijo.

Clitandro
(a Claudina)
Claudina, já pudeste entregar minha carta?
E tua bela dona, então, não se descarta
Do maçador audaz? Perdoa o atrevimento
De um louco amor?

Claudina
Perdoa; e foi-se, há um momento,
Para vos responder.

Clitandro
Mas já que te nomeio
Minha ajudante, dize, haverá algum meio
De eu lhe poder falar durante um quarto de hora
E abrir-lhe um coração que tudo nela adora?

Claudina
É só me acompanhar; foi bom virdes falar-me,
Pois tão logo a vereis.

MOLIÈRE

CLITANDRO
Não vai haver alarme?
Ela há de achá-lo bom, e não é grande o risco?

CLAUDINA
Ausentou-se o marido; aliás, por mais arisco
Que seja o gênio dele, e incômodo e implicante,
É nulo o seu papel, e tão-só no tocante
Aos pais é que se deve andar acautelado;
Mas, no que toca à filha, eles têm de outro lado,
Tão cega prevenção e fé em seu favor,
Que pouco motivo há de receio ou pavor.

CLITANDRO
Vamos, então, confio em ti.

LUCAS
(*sozinho*)
Por meus pecados!
Terei uma mulher que vale uns bons ducados!
E como arruma tudo! isso é que há de ser teatro;
Palavra, que ela tem espírito pra quatro.

Cena VII

JOÃO DANDIM, LUCAS

JOÃO DANDIM
(*à parte*)
Eis o imbecil de há pouco; e queira Deus que anua

Em vir provar aos pais a história nua e crua
Que deveriam já conhecer de sobejo;
Mas teimam em negar.

Lucas
Ora, viva, a quem vejo!
Outra vez por aqui, meu palrador graúdo,
Meu tagarela-mor, meu senhor linguarudo,
Que tanto prometeu calar o bico? Ai, sois
Amigo de meter a gente em maus lençóis?
Tendes, pois, língua má, longa e mexeriqueira,
E, quanto mais segredo a gente vos requeira,
Tanto mais desandais, correndo mundo afora,
A fim de pô-lo a par do que ele ainda ignora?

João Dandim
Quem, eu?

Lucas
Ora, a quem mais, senhor bisbilhoteiro!
Folgo em saber quem sois! Contar o embrulho inteiro
Ao nosso respingão, ao tal marido bruto!
Que barulho ele fez! tudo o maldito fruto
Da vossa indiscrição! Mas vale o desafio,
Depois dessa lição, nada mais vos confio.

João Dandim
Escuta...

Lucas
Escuta o quê! Não fosse o mexerico,

Ter-vos-ia contado agora algo de rico
Que está a se passar; coisa nova, estupenda!

João Dandim
Como, que há?

Lucas
Nada, nada; então! que se suspenda
Essa ânsia; trá-lá-lá! isso é que é bom castigo!

João Dandim
Mas, homem, olha aqui...

Lucas
Que nada! Eu me fatigo
De repetir que não.

João Dandim
Espera...

Lucas
Já vos disse
Que não lambiscareis a nova gulodice.

João Dandim
Vem cá...

Lucas
Serão em vão rodeios e desvios,
Desta vez, sim, senhor! vos deixo a ver navios!

João Dandim
Digo…

Lucas
Nunca houve quem segredo me extorquisse.

João Dandim
Vou te explicar…

Lucas
Chi, chi! não pega a macaquice.

João Dandim
Não é isso, não…

Lucas
Adeus!

João Dandim
Mas é um mal-entendido…

Lucas
Tá-tá!

João Dandim
O caso é outro…

Lucas
Ah, maroto, ah, bandido?
Estás a me afagar, só pra ver se descobres

Que o tal visconde deu um bom montão de cobres,
Ainda há pouco, a Claudina, a ver se a espertalhona
Consentia em levá-lo aos pés de sua dona;
E que ela introduziu com muito gosto o lobo
Junto à ovelinha; ha-ha! mas eu não sou tão bobo!

João Dandim
Vem, homem, para cá.

Lucas
Nem pra cá, nem pra lá.

João Dandim
Rogo-te por mercê.

Lucas
E tiri-liri-lá!

Cena VIII

João Dandim
(sozinho)
Não pude me servir, com esse pobre idiota,
De meu intuito; enfim, outro alvitre se adota,
Já que, por garrulice ingênua do cretino,
Tive a revelação do encontro clandestino.
Foi neste instante, aliás, seu aviso oportuno,
E, estando em minha casa o pirata, o gatuno,
O ladrão de honra, os pais, sem desculpa ou pretexto,

Terão de ver que estou com razão no que atesto,
E a pândega da filha o que vale. O mal disso
É ser o tal aviso algo escorregadiço;
Não sei o que fazer: se entrar em casa agora,
O tratante, ao me ver, raspar-se-á sem demora,
E, por mais que eu consiga inteirar-me em pessoa
Da infâmia da mulher que o meu lar atraiçoa,
Não me acreditarão; far-se-ão todos de surdos;
E se eu jurar? dirão que estou sonhando absurdos;
Mas, se eu chamar os pais sem certeza absoluta
Do mulherengo estar, caímos noutra luta,
E gritarão que eu sou um louco e que semeio
Em casa as dissensões. Não haverá um meio
De eu me certificar do pomo da discórdia,
Mas sem ser pressentido? Ah, Céus! Misericórdia!
Sem dúvida nenhuma, aí, pelo buraco
Da fechadura, vi, vi eu próprio o velhaco!
O céu enfim me dá, nessa aflição profunda,
Contra a parelha infame uma arma que a confunda;
E, para que ao final da história já se atenda,
Traz em boa hora cá os juízes da contenda.

Cena IX

Sr. de Cascogrosso, Sra. de Cascogrosso, João Dandim

João Dandim
Então! Há pouco só quisestes dar ouvido
A vossa espertalhona, e assim foi resolvido

O lance em seu favor, firmando-lhe o triunfo;
Mas já mudou o caso e tenho em mãos um trunfo
Que vos vai demonstrar como a traição vigora
Em meu lar; sim, senhor! Minha desonra agora
Já é, graças a Deus, tão clara e tão patente,
Que não existe a quem a prova não contente.

SR. DE CASCOGROSSO
Mas quer me parecer que isso é modinha antiga;
Como é, genro, ainda estais nessa mesma cantiga?

JOÃO DANDIM
Estou, e sem razões com que a modinha esqueça.

SRA. DE CASCOGROSSO
Vindes mais uma vez quebrar-nos a cabeça?

JOÃO DANDIM
Sim, senhora, e pior estão fazendo à minha.

SR. DE CASCOGROSSO
Ora essa! Não vos cansa a obstinação daninha
E o terdes, na questão, virado carrapato?

JOÃO DANDIM
Ai, não, o que me cansa é estar pagando o pato.

SRA. DE CASCOGROSSO
Jamais vos livrareis da pertinaz loucura?

João Dandim
Não, Vossa Graça, não; mas estou à procura
Do que há de me livrar de uma mulher patusca
Que me desonra.

Sra. de Cascogrosso
    Ah, Céus! Que fala tosca e brusca,
Que desrespeito atroz!

Sr. de Cascogrosso
    Mil raios! Pra mantermos
As boas relações, tereis de escolher termos
Que não ofendam tanto a ouvidos finos.

João Dandim
                        Irra!
Não pode estar a rir quem com o negócio embirra
E tem uma mulher que de desonra o cobre
E que o enche de aflição.

Sra. de Cascogrosso
    Lembrai-vos de que é nobre
E ilustre vossa esposa.

João Dandim
    Ora essa, se eu me lembro!
Disso hei de me lembrar de janeiro a dezembro,

Sr. de Cascogrosso
Já que o lembrais, por que, pergunto eu, não cismais,

Quando estais a falar dela, em mostrardes mais
Respeito e reverência?

João Dandim
E vos pergunto eu:
Por que é que ela não cisma — ela que prometeu
Fé, respeito, obediência e amor perante o altar —
Em me tratar com mais decência, em não faltar
Ao decoro e ao pudor? O quê! Só por ser nobre
Há de pintar o sete, o diabo! E que soçobre
A barca conjugal, que se ache no limiar
Da perdição, que arruíne a vida familiar,
Tudo isso há de fazer em sucessão veloz,
Sem que eu sequer me atreva a levantar a voz?

Sr. de Cascogrosso
Palavra, que eu nem sei por que ainda vos retruco;
Que estranha aberração! Meu genro, estais maluco?
E que podeis dizer? Não vos basta talvez
A nobre indignação, a sublime altivez
Com que ela hoje negou? Esse ânimo insuspeito
Com que afirmou jamais ter visto o tal sujeito?

João Dandim
E que direis vós mesmo, hein? se eu vos informar
Estar com ela o galã.

Sra. de Cascogrosso
Com ela?

JOÃO DANDIM
        E no patamar
De minha própria casa.

SR. DE CASCOGROSSO
O quê! Em vossa casa?

JOÃO DANDIM
Em minha casa, sim! A fazer tábua rasa
De vossas ilusões.

SRA. DE CASCOGROSSO
       Portar-se a tais extremos,
A nossa filha? Ah, Céus!

SR. DE CASCOGROSSO
       Se for fato, estaremos
Contra ela e ao vosso lado.

SRA. DE CASCOGROSSO
       É-nos a honra da estirpe
O que há de mais sagrado.

SR. DE CASCOGROSSO
       É certo, e que se extirpe
O mal pela raiz fazendo-se a renúncia
Da indigna – se ela o for!

SRA. DE CASCOGROSSO
       Provando-se a denúncia,
Renego-a.

SR. DE CASCOGROSSO
Se caiu nas garras da luxúria,
Não hesito em deixá-la à vossa justa fúria.

JOÃO DANDIM
É só me acompanhar.

SRA. DE CASCOGROSSO
Suspeitas revoltantes!

SR. DE CASCOGROSSO
Não vades cometer o mesmo engano que antes.

SRA. DE CASCOGROSSO
De outro erro vos guardai.

SR. DE CASCOGROSSO
Pensai bem, refleti.

JOÃO DANDIM
Meus Deus, logo o vereis.
(Mostrando Clitandro, que sai com Angélica)
E então! eu vos menti?

Cena X

ANGÉLICA, CLITANDRO, CLAUDINA, SR. DE CASCOGROSSO, SRA. DE CASCOGROSSO, JOÃO DANDIM, *no fundo do palco.*

ANGÉLICA
(*a Clitandro*)
Visconde, adeus! Receio haver algum alarme
Que vos descubra aqui, e devo acautelar-me.

CLITANDRO
Formosa dama, é lei qualquer vosso desejo;
Mas prometei-me, então, que hoje à noite outro ensejo
Terei de vos falar, tornando a despedida
menos cruel.

ANGÉLICA
Prometo.

CLITANDRO
É graça desmedida!

JOÃO DANDIM,
(*ao sr. e à sra. de Cascogrosso*)
Devagar, por detrás. Saindo da tocaia,
Faremos que a parelha em nosso laço caia.

CLAUDINA
Credo, minha senhora! Está tudo perdido!
Trazendo os vossos pais, cá vem vosso marido.

CLITANDRO
Oh, meu Deus! Que fazer?

ANGÉLICA
(*baixinho, a Clitandro e a Claudina*)

                Silêncio, ambos! eu tento
Salvar a situação.
            (*em voz alta a Clitandro*)
            Mas que monstruoso intento!
Como é que não sentis vergonha, após a cena
De hoje cedo? Encobris vossa paixão obscena
Ao mundo e lhe ocultais vossos tristes talentos?
Dizem que estais por mim de amores violentos
E nutrindo intenções perversas em excesso;
Em conseqüência, e em frente a todo o mundo, expresso
Minha aversão, revolta e assombro naturais;
Negais a imputação e com fervor jurais
O nunca terdes tido, em mente ou proceder,
A mínima intenção capaz de me ofender;
Jurais, e não obstante, ainda no mesmo dia,
Tendes de visitar-me a incrível ousadia!
E, com insistência audaz, com lábio fluente e doce,
Tentais-me conquistar! A mim! Como se eu fosse
Uma mulher qualquer, capaz de violar
A fé matrimonial e a reverência ao lar,
E de um dia afastar-se, em seu modo de ver,
Que herdou dos pais, da linha austera do dever?
Seria, meu senhor, o caso diferente
Se meu pai estivesse agora em vossa frente,
Pois vos ensinaria a andar em tal loucura!
Mas nunca uma mulher virtuosa se descura
De seu renome: evita o escândalo; e eu me guardo
De incitar-lhe à vingança o espírito galhardo;
        (*após ter feito sinal a Claudina para lhe trazer um pau*)
Mas, por mulher que eu seja, eu não vos ludibrio

Ao declarar eu mesma inda ter assaz brio
Para vingar o insulto; esta empresa imoral
Não foi de um cavalheiro, e não é como a tal
Que eu vos castigarei a baixeza e maldade.
   (*Angélica pega no pau e o ergue sobre Clitandro, que se esquiva de modo que os golpes caiam sobre João Dandim*)

Clitandro
(*gritando como se tivesse sido esboroado*)
Eh, lá, eh, devagar! Ai, ai, ai! por piedade
Acudam, por mercê!

Claudina
Viva, minha senhora!
Dai nele com mais força. Arreda! Para fora!
Senhor namorador, a empresa foi bem-vinda!
Vem outro! Muito bem! Mais um!

Angélica
(*fingindo falar a Clitandro*)
Se tendes ainda
Algo que perguntar, sempre estarei disposta
A vos dar, como agora, a lógica resposta.

Claudina
Errastes o alvo.

Cena XI

Sr. de Cascogrosso, Sra. de Cascogrosso, Angélica,
João Dandim, Claudina

Molière

Angélica
(*fingindo surpresa*)
O quê! Vós por aqui meu pai?
Como é que eu não vos vi? Perdoai-me! Desculpai
Essa violência.

Sr. de Cascogrosso
Estou, filha, e vejo radiante
O arrojo com que estás levando para diante
A glória do solar. Serviu este alvoroço
Para mostrar-nos que és, da raça Cascogrosso,
Fruto digno em valor, brio e desembaraço;
Chega-te para cá, quero dar-te um abraço!

Sra. de Cascogrosso
Abraça-me também; eu choro de alegria!
Filhinha, és de meu sangue e, como eu te queria,
O orgulho do solar de Alvar-Castacorcunda.

Sr. de Cascogrosso
Meu genro, parabéns! Eis como lhe secunda
A modelar virtude o arrojo mais fogoso!
Como há de ser intenso agora o vosso gozo!
E como é para vós tão cheia de doçura
A ação que aí se viu! Certo é, ninguém censura
Vosso arrebatamento, e tinha vosso seio
Justíssimas razões de alarma e de receio;
Mas ela vos tirou a inquietação da mente
Com feito tão brilhante e audaz.

O marido da fidalga

SRA. DE CASCOGROSSO
     Perfeitamente!
E sois, meu genro, o mais ditoso dos mortais.

CLAUDINA
Sem dúvida; que esposa! Então não desbordais
De júbilo? Outra assim é agulha na palheira!
Devíeis lhe beijar as pegadas na poeira
E lhe erigir em ouro estátuas, pedestais!

JOÃO DANDIM
(à parte)
Traidora!

SR. DE CASCOGROSSO
     Que será? Por que é que não estais,
Meu genro, agradecendo a vossa esposa o apreço
Que mostrou ter por vós?

ANGÉLICA
     Não, meu pai, agradeço.
Não me tem meu marido obrigação alguma
Do que aí presenciou. Fiz meu dever, em suma;
E pode ele mostrar-se indiferente e lesma,
O que eu fiz foi tão-só pelo amor de mim mesma.

SR. DE CASCOGROSSO
Minha filha, aonde vais?

ANGÉLICA
    Recolher-me ao meu quarto;

Dispenso-lhe o tributo e altiva lhe descarto
A gratidão tardia. Adeus, meu pai.

CLAUDINA
(*a João Dandim*)
Coitada!
É que ela tem razão de se achar insultada.
Ver-se acusada assim de possuir um amante,
Uma mulher como essa, uma jóia, um diamante!
Merece idolatria em vez de ultrajes tais,
E dói o coração ver-se como a tratais.

JOÃO DANDIM
(*à parte*)
Patife, sem-vergonha, infame, celerada!

Cena XII

SR. DE CASCOGROSSO, SRA. DE CASCOGROSSO,
JOÃO DANDIM

SR. DE CASCOGROSSO
Ficou-lhe ainda, de há pouco, a mente perturbada
Com o agravo natural que agora manifesta,
Mas que lhe há de passar com algum carinho e festa
Que lhe fareis. Meu genro, adeus! Tanta virtude
Soube enfim vos livrar pra sempre da inquietude;
Eis do que a educação e o berço são capazes!
Com vossa mulherzinha ide fazer as pazes

E tentai, implorando o perdão da injustiça,
A memória apagar que a cólera lhe atiça.

SRA. DE CASCOGROSSO
Deveis considerar que ela é uma menina
Criada na inocência; uma perla genuína,
Que nunca viu suspeito o seu melindre tenro
De alguma ação indigna ou má. Adeus, meu genro;
Estou radiante ao ver findo o vosso tormento,
E o júbilo e prazer que seu comportamento
Deve causar-vos. Ide agora apaziguá-la.

Cena XIII

JOÃO DANDIM
(*sozinho*)
Não digo mais palavra, é inútil; nada iguala
Minha desdita, e admiro essa sutil serpente
Que tenho por mulher. Mas como, de repente,
Transforma contra mim, e a seu favor, qualquer
Situação melindrosa! Ah, peste de mulher!
Será possível, Céus! que em toda desavença
Sua astúcia infernal meu bom direito vença,
E que não chegarei a ver desmascarada
Aquela sem-vergonha, aquela descarada?!
Mas não, não pode ser! Deus poderoso abraça,
Secunda meu projeto, e me concede a graça
Duma ocasião feliz que as tramas lhe desarme
E prove ao mundo estar a peste a desonrar-me!

TERCEIRO ATO

Cena I

CLITANDRO, LUCAS

CLITANDRO
Será tarde demais? Receio estar em falta
Com a hora estipulada, a noite já vai alta;
Maldita escuridão! Lucas!

LUCAS
Senhor!

CLITANDRO
Não acho
A casa: é por aqui?

LUCAS
Creio que sim. Que diacho!
Isso é que é noite má, não vi tão negra assim!

CLITANDRO
Está conforme: impede o vermos, outrossim
Impedirá que alguém nos veja.

Lucas
Ora, é verdade!
Não é tão má então. Eu tomo a liberdade
De vos fazer, senhor, já que sois sabichão,
Uma pergunta ... chi! dá-me uma comichão!
Não é lá das comuns, e é coisa que assedia;
Mas por que é que, afinal, de noite não faz dia?

Clitandro
De fato é interessante, e não foi feita a esmo;
Já se vê que és curioso e um pensador.

Lucas
É mesmo;
Teria ido pensar, não me faltasse o estudo,
Em coisas, sem favor, em que nenhum letrudo
Se lembra de pensar.

Clitandro
Sim, eu bem o acredito;
Tens feição de quem tem espírito erudito,
Sutil e penetrante.

Lucas
É fato, nisso eu trilho
O caminho paterno, e do talento o brilho
Não cabe só ao ouro e ao traje de cetim;
Sem o ter aprendido, eu entendo o latim,
Que é língua de chinês para o simples mortal,
Pois, vendo um dia escrito em cima dum portal

"*Collegium*", sem nenhum milagre ou sortilégio,
Eu logo adivinhei significar colégio.

Clitandro
Deixas-me boquiaberto! E sabes ler, rapaz?

Lucas
A letra impressa eu sei, do que não fui capaz
Foi de aprender a escrita.

Clitandro
Eis a casa, afinal.
Quieto, agora; e Claudina indicou-me o sinal.
(*bate as palmas*)

Lucas
Isso é que é rapariga! Ela vale um tesouro,
E tenho-lhe paixão a ponto que ainda estouro.

Clitandro
Por isso é que eu te trouxe, hás de vê-la a contento.

Lucas
Fico-vos, meu senhor, tão grato…

Clitandro
Psiu, atento!
Ouço algum ruído. Psiu!

Cena II

Angélica, Claudina, Clitandro, Lucas

Angélica
Claudina!

Claudina
Sim!

Angélica
Alerta! Vem vindo!

Claudina
Aí já estou.

Angélica
Deixa a porta entreaberta.

Claudina
Pronto, está feito.

(*Cena noturna. — os atores se procuram uns aos outros na escuridão*)

Clitandro
(*a Lucas*)
Psiu! São elas!

Angélica
Psiu!

Lucas

                                                          Psiu!

Claudina

                                                          Psiu!

Clitandro
(*a Claudina, a quem toma por Angélica*)
Ah, bela dama!

Angélica
(*a Lucas, a quem toma por Clitandro*)
Sim?

Lucas
(*a Angélica, a quem toma por Claudina*)
Claudinazinha, és tu?

Claudina
(*a Clitandro, a quem toma por Lucas*)
Que foi?

Clitandro
(*a Claudina, pensando falar a Angélica*)
Senhora, estou a vossos pés.

Lucas
(*a Angélica, pensando falar a Claudina*)
Claudina,
Minha Claudina!

CLAUDINA
(*a Clitandro*)
Eh, lá, cavalheiro, em surdina!

ANGÉLICA
(*a Lucas*)
Ai, Lucas, devagar.

CLAUDINA
Ridículo meandro!

CLITANDRO
Claudina, és tu então?

CLAUDINA
Pois sim, senhor Clitandro.
Sou eu, sim.

LUCAS
Não és tu? Senhora, então sois vós?

CLAUDINA
(*a Clitandro*)
Tereis de procurar minha ama pela voz.

LUCAS
(*a Angélica*)
Tem graça a escuridão; não vejo patavina.

ANGÉLICA
Sois vós, Clitandro?

CLITANDRO
Enfim, Angélica divina!
Sou eu mesmo.

ANGÉLICA
Eu deixei, roncando com estrondo,
Meu marido em seu leito, e dessa hora dispondo
Correndo vim aqui.

CLITANDRO
Meu anjo bem amado!

ANGÉLICA
Vamos sentar.

CLAUDINA
É justo, é úmido o gramado.

CLITANDRO
Minha alma!

ANGÉLICA
Meu amor!

CLITANDRO
Minha flor, meu jasmim!

(*Angélica, Clitandro, Claudina vão sentar-se
no fundo do palco*)

LUCAS
(*procurando Claudina*)
Claudina, onde é que estás? Vem cá, perto de mim.

Cena III

ANGÉLICA, CLITANDRO, CLAUDINA (*sentados no fundo do palco*),
JOÃO DANDIM (*meio despido*), LUCAS

JOÃO DANDIM
(*à parte*)
Ouvi minha mulher descendo pela escada,
E às pressas me vesti pra ver que patuscada
Será essa. Aonde foi? Não teve ela a ousadia
De sair para fora a essa hora tão tardia?

LUCAS
(*procurando Claudina*)
Por onde andas, Claudina? Ah, mas que atrapalhada
Que estás!
(*a João Dandim, a quem toma por Claudina*)
Bom, eis-te aí. Morro de gargalhada
Pensando em teu patrão; coitado! o seu rival
Lhe dá o que fazer, nunca houve coisa igual!
Palavra, essa marosca ainda é melhor que a surra
Que lhe deu a mulher, ao que aí se sussurra,
No embrulho da manhã. Diz-nos tua patroa
Que ele presentemente a cama e a casa atroa,

Pois que está o animal roncando como diacho,
Sem desconfiar sequer estarem cá embaixo
Ela e o senhor visconde, enquanto ronca e dorme!
Dói-me de tanto rir! Haverá quem me informe
Se ele vê seu azar nalgum sonho confuso?
Mas que grande imbecil! Falta-lhe um parafuso
Por querer que a mulher só durma em sua cama;
Faz-lhe uma honra o visconde, e o bobo ainda reclama!
É impertinência! Então, nada dizes? Menina,
Que caladinha estás! Dá-me essa pequenina
Mãozinha; ao que estou vendo, o parzinho enfadou-se
Conosco e se ocultou. Ah, que mãozinha doce!
Quando a beijoco assim, meu tinho cambaleia;
Julgo estar lambiscando açúcar ou geléia;
Não a retires, não! que eu nela o beiço grude!
    (*a João Dandim, que o empurra com violência*)
Eh, lá! Essa mãozinha é um bocadinho rude!

João Dandim
Quem vai lá?

Lucas
Nin… ninguém.

João Dandim
Fugiu todo espantado,
Após me presentear com esse novo atestado
Da infâmia da bandida. Ah, sobe-me a mostarda
Nas ventas! mas, por Deus! o escândalo não tarda!

Molière

Vou já mandar chamar aqui a mãe e o pai,
E seja Deus louvado! esta aventura vai
Livrar-me enfim da peste. Eh, Nicolas, Nicolas!

Cena IV

Angélica e Clitandro, Claudina e Lucas (*sentados no fundo do palco*) João Dandim e Nicolas

Nicolas
(*à janela*)
Patrão!

João Dandim
Vem, desce aqui, depressa! Não descolas?

Nicolas
(*saltando pela janela*)
Cá estou, e não se pode ir mais depressa.

João Dandim
Escuta,
Fala baixinho, psiu! Vai com uma pressa bruta
À casa de meu sogro… eh, lá! onde é que estás?

Nicolas
Aqui.
(*enquanto João Dandim procura Nicolas do lado em que ouviu sua voz, Nicolas passa para o outro lado e adormece*)

O marido da fidalga

JOÃO DANDIM
(*virando-se para o lado em que pensa estar Nicolas*)
Bom, presta ouvido; o que eu quero é que vás
Falar já com meu sogro, à vila onde ele mora,
Dizer-lhe que é favor chegar cá sem demora,
Sem perder um momento, ele e a mulher também;
Nicolas! eh, responde! Olá! ouviste bem?

NICOLAS
(*acordando do outro lado*)
Patrão!

JOÃO DANDIM
Onde é que estás, praga, aflição nefasta?

NICOLAS
Aqui.

JOÃO DANDIM
O inferno leve o idiota que se afasta!
(*Enquanto João Dandim volta para o lado onde pensa encontrar Nicolas, este, meio adormecido, passa para o outro lado e torna a adormecer*)
Escuta com atenção; eu quero que vás logo
Dizer a minha sogra e sogro que lhes rogo
Virem já até cá, sem perder um instante.
Ouviste agora? eh, lá! responde-me, tratante!

NICOLAS
(*acordando do outro lado*)
Patrão!

MOLIÈRE

JOÃO DANDIM
Este imbecil me deixa furibundo!
Nicolas!

NICOLAS
Sim!

JOÃO DANDIM
Que diacho! onde estás, vagabundo?
Vem pra cá.
(*Esbarram um com o outro no meio do caminho e caem ambos no chão*)
Danação! O raio te espatife!
O inferno te carregue! Asno! Imbecil! Patife
Que me estropiou! Fiquei com as pernas deslocadas;
Chega-te para cá, vou moer-te de pancadas.
Creio que foge.

NICOLAS
E então!

JOÃO DANDIM
Vem aqui, animal!

NICOLAS
Não vou.

JOÃO DANDIM
Vem cá, por bem.

NICOLAS
Nem por bem, nem por mal.

JOÃO DANDIM
Vem cá, te digo!

NICOLAS
Eu não, quereis ir-me às canelas!

JOÃO DANDIM
Onde é que já se viu uma aflição daquelas?
Bom, bom, não tenhas medo, eu nada te farei.

NICOLAS
Mas com certeza mesmo?

JOÃO DANDIM
Ouviste o que falei.
Vem perto.

NICOLAS
E não apanho?

JOÃO DANDIM
Eu já to prometi;
(*segurando Nicolas pelo braço*)
Grande imbecil, tens sorte eu precisar de ti.
Escuta desta vez com calma, e sem raspar-te;
O que eu quero é que vás, já, já, de minha parte,

Molière

Dizer a minha sogra e sogro que é favor
Virem já para cá, tão cedo quanto for
Possível; e se acaso acharem a hora estranha,
Insiste com vigor; não sejas tataranha;
Que entendam ser urgente e mui grave a questão
E venham sem vestir-se, às pressas, como estão.
Ouviste agora?

Nicolas
Ouvi, patrão.

João Dandim
Bom, corre, esmera
No encargo e volta já. Quanto a mim, fico à espera.
Dentro de casa. É cisma? Estou ouvindo alguém.
Será minha mulher? Tanto melhor, convém
Que aí fique a escutar; inda bem que me esconde
A obscuridade.
    (João Dandim se oculta ao lado da porta de sua casa)

Angélica
(a Clitandro)
Adeus, caríssimo visconde!
Devo ir-me agora.

Clitandro
O quê?! meu coração soçobra!
Tão cedo!

O marido da fidalga

Angélica
Cedo, não. Falamos já de sobra.

Clitandro
Poderei eu jamais, divinal criatura,
Falar convosco assaz? E posso eu, porventura,
Ser preciso e formal, lacônico e sucinto,
Para vos revelar tudo o que na alma sinto?
Cruéis insinuações! Sílabas desumanas!
Se dias necessito – o que digo eu – semanas!
Para vos transmitir uma ínfima parcela
Da férvida paixão que meu destino sela,
Que me ilumina o ser, que me escraviza e empolga!

Angélica
Espero vos ouvir em breve com mais folga.

Clitandro
Mas que impiedoso golpe o seio me atravessa,
Ao vos ouvir ditar sentença tão avessa
À mera humanidade, em que aflição tremenda
Ides me abandonar agora!

Angélica
        Ela se emenda
Em breve, e podereis falar-me sempre às tardes.

Clitandro
Mas é minha obsessão, meu desespero, estardes
Sujeita ainda a um marido! É minha infausta sina

Molière

Tornardes a seu lado! a idéia me assassina!
E as graças conjugais de que um marido goza
São de amargura e fel para a índole fogosa
De um homem mortalmente apaixonado.

Angélica

                                              Ah, santa
Ingenuidade! É mesmo! Essa inocência espanta!
Estais falando a sério? E imaginais deveras
Que o brio, o sangue azul, as vinte primaveras,
Concordem em amar a um homem dessa espécie?
Não, não! sem que altamente a rebelião se expresse,
A gente há de aceitar o esposo desprezado,
Por ser fraca, indefesa e sujeita ao ditado
Dos pais, a quem tão-só o dinheiro enfeitiça;
Mas a um marido à-toa a gente faz justiça,
E nem se pensa em dar a tão baixo credor
Mais consideração do que é merecedor.

João Dandim
(à parte)

Eis nosso mulherio! Eis as malditas pestes
Que nos destroem o lar!

Clitandro

                                  Mas vós, por quem eu prestes
Estaria a morrer! Vós, minha luz, meu sol,
Da graça a perfeição, da formosura o escol,
Do espírito o primor, sacrificada a quem
Não vos chega a uma sola! É incrível! Vai além

Do humano entendimento esta união desastrosa
De um rústico urtigão com a mais brilhante rosa
Brotada dos jardins da nobreza!

JOÃO DANDIM
(*à parte*)
       Coitados!
Maridos, ai de vós! Eis como sois tratados!

CLITANDRO
Sem dúvida nenhuma, Angélica adorada,
Cabia-vos ventura e a sorte mais doirada;
E o céu que não vos fez pra tal, geme de dor,
Ao ver-vos a mulher de um reles lavrador!

JOÃO DANDIM
(*à parte*)
Quisera o céu fosse ela, em vez de minha, a tua!
Mudavas logo o tom! Mas que se prostitua
A infame! Ouvi demais; vou aguardar em casa
O juízo paternal que me vinga e descasa.
  (*João Dandim entra em casa e fecha a porta por dentro*)

Cena V

ANGÉLICA, CLITANDRO, CLAUDINA, LUCAS

CLAUDINA
Senhora, desculpai o aviso; se é forçoso

Falardes ainda mal de vosso excelso esposo,
Apressai-vos, que é tarde.

                CLITANDRO
       És tu quem nos desfaz,
Impiedosa Claudina, o instante tão fugaz
De encanto e de ventura?

                ANGÉLICA
               (*a Clitandro*)
                             É justo; por demais
Prolongou-se a entrevista, adeus!

                CLITANDRO
            Já que o intimais,
Devo eu me sujeitar ao mandamento rijo;
Mas uma imploração ao menos vos dirijo,
Angélica cruel! Digne-se vosso amor
Um pouco se apiedar das horas de amargor
A que me sentenciais!

                ANGÉLICA
                               Adeus, pois!

                LUCAS
                               Belezinha!
Claudina, onde é que estás? Chega-te mais vizinha;
Quero dizer-te adeus. Que diacho, não sou monge!
Vem mais pra cá.

CLAUDINA
Recebo o teu adeus de longe,
E vai igual o meu.

ANGÉLICA
(*a Claudina*)
Entremos sem palestra.

CLAUDINA
A porta se fechou.

ANGÉLICA
Eu tenho a chave mestra.

CLAUDINA
Abri sem bulha então, e sem nos atrasar.

ANGÉLICA
Trancaram-na por dentro, ah, Céus! Que grande azar!
Que havemos de fazer?

CLAUDINA
Chamai baixo o empregado,
O Nicolas de tal, que dorme aí pegado.

ANGÉLICA
Eh, lá, Nicolas! eh! Nicolas! eh, não vens?

Cena VI

JOÃO DANDIM, ANGÉLICA, CLAUDINA

Molière

JOÃO DANDIM
(à janela)
Nicolas! eh! Prezada esposa, parabéns!
Enquanto eu durmo, adeus! abandonais o leito
Para passear na rua? Ah, mas eu me deleito
Com aquilo, sem favor! e é-me um prazer agora
Pescar-vos alta noite, a vagar rua afora.

ANGÉLICA
Ora essa, no que fiz, algo há que me incrimine?
E respirar a noite o fresco é grande crime?

JOÃO DANDIM
Boa hora, já se vê, de respirar o fresco!
Há de ser o contrário, e creio que vos pesco
A respirar cá fora um ar bastante quente!
Sim, sim, minha astuciosa, esperta delinqüente!
Sei de toda a entrevista e pude eu tomar nota
Do idílio noturnal com o cortesão janota!
Do ardor galante ouvi os trêmulos diversos,
E também de um e do outro os lisonjeiros versos
Em honra minha; então! Não vos chego a uma sola?
A vosso bel-prazer. Mas o que me consola
É que vou ser vingado; e os vossos nobres pais
Terão de ver enfim como vos comportais
E que vos acusei com justo fundamento;
Mandei chamá-los cá sem perda de um momento,
E não devem tardar.

ANGÉLICA
(à parte)
Céus!

O marido da fidalga

CLAUDINA
                      Credo!

ANGÉLICA
                    Deus me acuda!

JOÃO DANDIM
Não esperáveis essa? A história está bicuda?
E estais basbaque, enfim, aflita e no estupor?
Graças a Deus, agora eu tenho com que pôr
Abaixo vosso orgulho e hipócrita disfarce!
Conseguiu vossa astúcia até hoje safar-se
À justa punição; passastes sempre a perna
À minha vigilância e à intervenção paterna,
E com demonstrações de inocência postiça
Vencestes o direito, a verdade e a justiça;
Mas dou graças a Deus, vosso idílio noturno
Salvou-me; sim senhor! Chegou enfim meu turno
E toda nova peta há de sair baldia;
Vossa devassidão surgiu à luz do dia
E vosso atrevimento, espantoso e inaudito,
Terá do mundo inteiro o justo veredito.

ANGÉLICA
Ai, rogo-vos abrir-me a porta!

JOÃO DANDIM
                      É cedo ainda;
Dos que mandei chamar, devo aguardar a vinda;
E com gosto imagino o acharem seu rebento
Perambulando a sós, a tal hora, ao relento.

Angélica
Abri-me!

João Dandim
Tá-tá-tá! Podeis, durante a espera
Tentar se o vosso miolo algum milagre opera
Pra vos livrar do embrulho; então! Que se dedique
A fabricar um novo invento, a opor um dique
À fúria parental! Que trame outro artifício
Que iluda a gente toda, um romance fictício
Que vos prove a inocência; alguma romaria
Talvez, ou vosso auxílio a uma Olga, Ana ou Maria
Qualquer, que deu à luz; explicai-nos o sono
Interrompido, então! Vamos!

Angélica
                      Não, não tenciono
Defender-me ou negar o ter sido culpada;
E já que estais a par da noturna escapada,
Não disfarço...

João Dandim
                      É porque sabeis que estais caipora,
E que qualquer desculpa ao vento se evapora;
Não custa o desprovar...

Angélica
                      Sim, confesso, eu não travo
Uma contenda; é justo, é certo vosso agravo;
Mas peço por mercê, rogo-vos pelo amor

De tudo o que estimais, poupar-me o mau humor
De meus pais, e ordenar que me abram já a porta.

João Dandim
Eu beijo vossas mãos; tudo isso pouco importa.

Angélica
Ai, meu bom maridinho, eu vos imploro, adjuro!

João Dandim
Ai, meu bom maridinho! Agora, nesse apuro,
Sou maridinho bom; estais no pelourinho,
Por isso eu me tornei vosso bom maridinho;
Tocantes expressões! Deixam-me comovido;
E, antes dessa ocasião, nunca eu vos tinha ouvido
Meiguices tais.

Angélica
        Prometo, afirmo de bom grado
Não vos dar mais motivo algum de desagrado;
E, se a retribuição desta vez se derroga,
Juro que doravante eu vou...

João Dandim
                Tudo isso é droga.
Não perco essa aventura, e o que me importa, a mim,
É demonstrar quem sois; que o mundo saiba enfim
De vossa indignidade e quão justo é meu pique;
Ouvistes?

Molière

ANGÉLICA
Por mercê, deixai que eu vos explique;
Apenas vos imploro um momento de audiência.

JOÃO DANDIM
E, então, que mais?

ANGÉLICA
Pois sim, pequei por imprudência.
Tendo um secreto encontro enquanto repousáveis,
Cometi uma falta e ofensa irrecusáveis,
E, embora tenha sido inocente a façanha,
Confesso ainda uma vez ser justa a vossa sanha.
Mas devereis lembrar que minha pouca idade
De certo modo ainda escusa a leviandade,
E por demais cruel seria quem punisse
Com rigor demasiado essa mera estroinice
De uma menina ingênua, até hoje desprovida
De mundana experiência e compreensão da vida;
Que um erro cometeu, brincando, e nada mais,
Sem ver algo de mal...

JOÃO DANDIM
Sim, sim, é o que afirmais;
E devo acreditar em tudo piamente.

ANGÉLICA
Sei que vos ofendi. Não é que experimente
Negar que eu vos magoei; mas, já que me arrependo,
Imploro-vos o gesto altruístico e estupendo

O MARIDO DA FIDALGA

De me poupardes hoje, em prol de nova era,
O desgosto e aflição que a exprobração severa
De meus pais me trará. Sei que é de vossa alçada
Tornar-me uma infeliz, deixar-me desgraçada;
Mas, se ainda desta vez usardes de clemência,
Tão nobre proceder, tão sublime indulgência,
Tão liberal perdão farão com que em meu peito
Brotem para convosco a ternura e o respeito
Que nem a nossa união, nem a ordem paternal
Souberam lhe inspirar. Perante o tribunal
Celeste, afirmo ser este dia o prelúdio
Da mais feliz união; que hei de fazer repúdio
De todo galanteio, e que razão nenhuma
Jamais tereis de queixa a meu respeito. Em suma,
Juro-vos que serei do mundo, doravante,
A esposa mais leal, mais terna e cativante;
E que vos mostrarei, sem que jamais preguice,
Tão fervoroso ardor, tanto afeto e meiguice,
Tamanha inclinação, carinho tão perfeito,
Tanta dedicação, que estareis satisfeitos.

João Dandim
Ah, pantera! réptil! víbora! crocodilo!
Afagando o marido e tentando iludi-lo
Para melhor matá-lo!

Angélica
Outorgai-me essa graça.

João Dandim
É inútil.

Molière

Angélica
   Por mercê! Salvai-me da desgraça!
Da fúria de meus pais!

João Dandim
   São fúteis as cantatas.

Angélica
Mostrai-vos generoso.

João Dandim
   Ide plantar batatas.

Angélica
Perdão ainda esta vez.

João Dandim
   Não sou nenhum molenga.

Angélica
Por Deus!

João Dandim
   Não, não, e não. Basta de lengalenga.
O que eu quero é que seja o escândalo de arromba,
E que vossa vergonha estale que nem bomba.

Angélica
É o cúmulo! Quereis, pois, reduzir-me, após
Tudo o que já vos disse, a um desespero atroz?

Pois bem, mas, sendo assim, digo — e não vos iludo —
Que uma infeliz mulher será capaz de tudo;
E que inda hei de fazer, se falhar meu pedido,
Algo de que estareis pra sempre arrependido.

João Dandim
Ah, sim? E que fareis, princesa?

Angélica
      Sem que trema,
Minha alma adotará uma atitude extrema,
Tremenda.

João Dandim
      Ah, muito bem! E que mais?

Angélica
      Deus me valha!
Eu vou sem hesitar, aqui, com esta navalha,
Matar-me à vossa vista.

João Dandim
      Ha-ha! Que boa piada!

Angélica
Não é tão boa assim! Inda hei de ver expiada
Vossa maldade; está, por essas redondezas,
A gente toda a par das brigas e rudezas,
Do ciúme e dissensões com que me atormentais;
Encontrar-me-ão sem vida e meus restos mortais

Molière

Hão de ser contra vós um libelo eloqüente;
Ninguém duvidará serdes o delinqüente,
E de meus pais, na certa, o brio d'alma inato
Não deixará impune o infame assassinato;
Hão de vos perseguir com o máximo rigor
Que lhes puser em mãos a justiça e o vigor
Da própria indignação e assanho: este é o meio
Com que vossa desgraça e perdição semeio;
E a primeira eu não sou, assaz briosa e forte,
Que em suprema aflição recorra à própria morte
Para assim se vingar da infanda crueldade
De quem força uma esposa à última extremidade!

João Dandim
Sou vosso servidor. A gente não costuma
Hoje em dia matar-se, e sem dúvida alguma,
É moda que de moda há muito que passou.

Angélica
Mas podeis disso estar tão certo quanto estou.
E juro ainda uma vez: se fordes, não obstante
Minhas suplicações, meu rogo tão constante,
Teimar em me impedir da casa o livre acesso,
Então logo vereis a que fatal excesso
Chega a resolução de uma infeliz que está
Sujeita ao mais cruel dilema.

João Dandim
          E tá-tá-tá!
É pra meter-me medo.

ANGÉLICA
Então, já que é preciso,
Eis o que há de findar em vosso e meu prejuízo;
Veremos se eu estava a escarnecer! Que teime
O déspota em se rir, tanto faz.
(finge matar-se)
Ah! matei-me!
Só com um desejo morro, e no último estertor
Imploro ao Céu fazer com que o bárbaro autor
De meu trespasse encontre o seu justo castigo,
Da malvadez sem-par que mostrou pra comigo!

JOÃO DANDIM
Irá dessa patife a malícia a tal ponto?
Angélica, eh, responde; onde estás? eh, lá! pronto!
Mas não foi a marota esticar a canela
Só para me enforcar? Não vejo da janela.
Vou descer com uma luz.

Cena VII

ANGÉLICA, CLAUDINA

ANGÉLICA
(a Claudina)
Claudina, aqui, depressa!
Encosta-te à parede, até que ele apareça.

(Ocultam-se cada uma de um dos lados da porta e, quando João Dandim sai, enfiam-se pela porta adentro)

João Dandim

Não é possível, não! enviar-me ao cadafalso
Tirando a própria…
        (*sozinho, após ter procurado em toda a parte*)
                Ah, bom! não tem ninguém; foi falso
O grande alarma; então! dessa já desconfiavas;
E a pécora, ao te ver firme em mandar-lhe às favas
Ameaças, seduções e o que mais, deu o fora.
Melhor! Assim, os pais, que chegam sem demora,
Verão melhor seu crime, e sua intriga aborta
Com mais fragor ainda. Ah, ah, fechou-se a porta!
Olá, que venha alguém! Que me abram nesse instante!

Cena VIII

Angélica e Claudina (*à janela*), João Dandim

Angélica

Como é, és tu enfim? E de onde vens, tratante?
São modos, isso, então? tornares à morada
Quando está prestes quase a surgir a alvorada?
Será decente, andar fora a esta hora indevida,
E de um marido honesto é modo isso de vida?

Claudina

Será bonito, acaso, andar-se a noite inteira,
Até raiar o sol, na pinga e bebedeira?
Deixando abandonada a pobre mulherzinha,
Que no ermo e triste lar, vive a chorar sozinha?

João Dandim
O quê?!...

Angélica
    Vai-te, traidor, devasso, libertino,
Farta estou já de ti e do teu desatino,
E vou logo apelar a meus pais. Não se adia
Mais essa justa...

João Dandim
    O quê? Tereis a ousadia...

Cena IX

Sr. de Cascogrosso, Sra. de Cascogrosso (*em trajes menores*),
Nicolas (*carregando uma lanterna*), Angélica e Claudina (*à janela*),
João Dandim

Angélica
(*ao sr. e à sra. de Cascogrosso*)
Ah, meus pais, por mercê, escutai-me a desdita!
Dai-me satisfação de uma afronta inaudita,
Incrível! Ai de mim! Quão infeliz me sinto!
Cá vedes meu marido, a quem o ciúme e o absinto
Lograram transtornar de tal maneira a testa,
Que não sabe o que diz, o que faz, o que atesta,
E que de vos chamar teve ele próprio a manha
Para vos impingir a história mais estranha
Que já se ouviu no mundo. Ei-lo, que à moradia

Torna, ao que podeis ver, quase ao raiar do dia;
E, após eu ter passado a noite à sua espera,
A quem quiser ouvir, este ingrato assevera
Que tem graves razões de queixa contra mim;
Que lhe aproveitei o sono e que para o jardim
À sonega eu desci, de encontro clandestino
Com um meu amante, algum Clitandro ou Celestino
E outras balelas mil, com que o malvado sonha!

Claudina
É, sim, sei lá o que é, maluqueira ou peçonha;
Mas teima e grita aí, divaga e desafora,
Que se achava ele em casa, e nós correndo afora.
Que absurdo! Poderia alguém jamais supô-lo?
Mas não há meio algum de lho tirar do miolo.

Sr. de Cascogrosso
Como, que significa essa nova artimanha?

Sra. de Cascogrosso
Chamar-nos alta noite! Eu nunca vi tamanha
Impudência.

Sr. de Cascogrosso
Está louco, anda tonto o sujeito.

João Dandim
Mas, se eu jamais...

Angélica
Não, não, meu pai, não me assujeito

Mais a tão triste vida e estou já no limite
De minha tolerância; este homem não se admite!
Há uma hora que blasfema aí, que grita e impreca,
E me lançou na cara injúrias mil.

    Sr. de Cascogrosso
     (*a João Dandim*)
       Com a breca,
Meu genro, mas sois mesmo um celerado!

    Claudina
         Oprime
O seio ver como ele a martiriza; é um crime!
Maldito beberrão! Mas que ele se previna,
Pois ainda há de incorrer na cólera divina,
Se não mudar de vida.

    João Dandim
     (*à parte*)
      É um pesadelo horrendo!

   (*em voz alta*)
Mas pode-se?…

    Sr. de Cascogrosso
    Devia o infame estar morrendo
De confusão.

    João Dandim
     Por Deus, escutai-me um segundo;
Somente uma palavra…

Molière

ANGÉLICA
É seu miolo fecundo
Nas invenções; é só deixar que ele abra o bico,
E logo lhe ouvireis um belo mexerico.

JOÃO DANDIM
(*à parte*)
Estou desesperado.

CLAUDINA
É tal a borracheira
Que não há quem de perto o agüente; o bruto cheira
A álcool a essa distância, e quando se aproxima
Exala um tal fedor, que sobe aqui em cima.

JOÃO DANDIM
Senhor meu sogro, implo…

SR. DE CASCOGROSSO
O quê! Ainda respinga?
Para longe, eu vos digo, estais fedendo a pinga
À boca cheia.

JOÃO DANDIM
(*à sra. de Cascogrosso*)
Ouvi-me…

SRA. DE CASCOGROSSO
Ah, que hálito empestado!

O MARIDO DA FIDALGA

> JOÃO DANDIM
> (*ao sr. de Cascogrosso*)

Deixai que eu...

> SR. DE CASCOGROSSO

Fora! Inspira asco e ódio vosso estado.

> JOÃO DANDIM
> (*à sra. de Cascogrosso*)

Por mercê...

> SRA. DE CASCOGROSSO
> Mas que horror!

> JOÃO DANDIM
> (*ao sr. de Cascogrosso*)
> Dai-me licença...

> SR. DE CASCOGROSSO
> É um foco.

Pestilencial.

> JOÃO DANDIM
> (*à sra. de Cascogrosso*)
> Ouvi-me...

> SRA. DE CASCOGROSSO
> Acudam, que eu sufoco!

Mais longe, digo, estou a enjoar! Se é de importância
Teimardes em falar, falai mais a distância.

Molière

JOÃO DANDIM
Pois sim, falo a distância. Eu juro pela fé.
Foi ela quem saiu; não arredei o pé
De casa…

ANGÉLICA
E então! Não foi exato o que eu vos disse?

CLAUDINA
Basta ver onde está.

SR. DE CASCOGROSSO
Nunca houve tal doidice!
(*a João Dandim*)
Caçoais da gente. Vem, filhinha, desce aqui.

Cena X

SR. DE CASCOGROSSO, SRA. DE CASCOGROSSO,
JOÃO DANDIM, NICOLAS.

JOÃO DANDIM
Atesto ainda uma vez ao Céu que eu não saí,
E que ela…

SR. DE CASCOGROSSO
Arre, é demais! A gente está já farta
De tanta extravagância.

João Dandim
O raio que me parta
Se eu…

Sr. de Cascogrosso
Basta de quebrar a todos a cabeça,
E, se não tencionais que a bílis se me aqueça,
Tratai já de pedir perdão dessa disputa
À vossa esposa.

João Dandim
Quem, eu?…

Sr. de Cascogrosso
Sem que se discuta!

João Dandim
Pedir perdão, eu?

Sr. de Cascogrosso
Sim. Perdão, e incontinenti!

João Dandim
Mas…

Sr. de Cascogrosso
Raios mil! Deixai de ser impertinente.
Ou vos ensinarei com a ponta do espadim
O que é brincar conosco.

JOÃO DANDIM
(à parte)
Ouviste? Ah, João Dandim!

Cena XI

SR. DE CASCOGROSSO, SRA. DE CASCOGROSSO, ANGÉLICA,
JOÃO DANDIM, CLAUDINA, NICOLAS

SR. DE CASCOGROSSO
(a Angélica)
Vem cá, filha, é mister que teu marido possa
Pedir perdão.

ANGÉLICA
O quê! será pilheria vossa?
Perdoar-lhe? Eu? Ah, meu pai! Não, não! eu não seria
Capaz de lhe perdoar a infâmia e a grosseria,
E imploro-vos romper este himeneu fatal
E libertar-me enfim de um marido com o qual
Não posso mais viver.

CLAUDINA
Haverá quem resista?

SR. DE CASCOGROSSO
Minha filha, é mister passar sempre em revista
Que essas separações não vão sem grande escândalo;
E deves demonstrar mais juízo do que o vândalo,
Perdoando ainda esta vez.

Angélica
            Mas conceder-lhe indulto
De tudo o que sofri? Perdoar tão grande insulto?
Jamais o poderei! não, não!

            Sr. de Cascogrosso
                Filha, é preciso.
Deves seguir a voz da experiência e do siso:
Assim manda teu pai.

            Angélica
                Nesse caso, não luto;
Cabe-vos sobre mim um domínio absoluto,
E vossa ordem, senhor, é lei.

            Claudina
                Santo cordeiro!

            Angélica
Por mais cruel que seja arcar com o desordeiro
E ter de lhe esquecer injúrias dessa sorte,
Se meu bom pai achar melhor que eu as suporte,
Terei de me inclinar.

            Claudina
            Ah, pobre amor, pobre anjo!

        Sr. de Cascogrosso
            (*a Angélica*)
Vem cá.

Angélica
Aliás, vereis que em vão eu me constranjo;
E tudo o que eu fizer de nada há de servir,
Pois recomeçará no mais breve porvir,

Sr. de Cascogrosso
Ponho ordem nisso; ele há de ouvir os meus conselhos.
Garanto-o.
(a João Dandim)
Quanto a vós, de joelhos.

João Dandim
Eu? de joelhos?

Sr. de Cascogrosso
De joelhos, sim, sem mais tardar.

João Dandim
(de joelhos com a vela na mão – à parte)
Ah, que desgraça!
(ao sr. de Cascogrosso)
Que deverei dizer?

Sr. de Cascogrosso
Eu rogo a Vossa Graça
Que inda esta vez perdoe esta infeliz mixórdia…

João Dandim
Eu rogo a Vossa Graça…

O marido da fidalga

(*à parte*)
Ah, céus! Misericórdia!

Sr. de Cascogrosso
Vamos! Perdoe…

João Dandim
Perdoe a mixórdia infeliz…

Sr. de Cascogrosso
E a tolice que fiz.

João Dandim
E a tolice que fiz…
(*à parte*)
De me casar convosco.

Sr. de Cascogrosso
E juro, a esse respeito,
Ter juízo no futuro e proceder direito.

João Dandim
E juro proceder com juízo no futuro.

Sr. de Cascogrosso
(*a João Dandim*)
Com os diachos mil! Deveis saber que eu não aturo
Mais nenhuma insolência; esta é a derradeira;
E, se se repetir um dia a brincadeira,
Deixo-vos de uma vez pr'a todas liquidado.

SRA. DE CASCOGROSSO
Valha-vos Deus! Larga! de asneiras, ou – cuidado! –
Aprendereis conosco a polidez devida
A uma mulher fidalga e a quem lhe deu a vida.

SR. DE CASCOGROSSO
Adeus, genro, eis o sol que surge no levante;
Tornai ao lar, criai mais juízo, e doravante
Tratai de nos render em tudo o justo preito.
        (à sra. de Cascogrosso)
Quanto a nós, meu amor, voltemos para o leito.

Cena XII

JOÃO DANDIM
(sozinho)
Ah! Tudo se acabou! já não há termo médio;
Quando uma esposa é má, o mal não tem remédio
E a única solução é a gente se atirar
Nas águas do canal, de pernas para o ar!

IMPRESSÃO E ACABAMENTO:
YANGRAF Fone/Fax: 6198.1788